FIM DOS TEMPOS

REFLEXOES SOBRE O APOCALIPSE

FIM DOS TEMPOS

REFLEXÕES SOBRE O APOCALIPSE

São Paulo
outubro 2024

Dados Internacionais de Catalogação na Publicação (CIP)
(Câmara Brasileira do Livro, SP, Brasil)

Gonçalves, Luiz Antonio
Fim dos tempos : reflexões sobre o Apocalipse / Luiz Antonio Gonçalves. -- São Paulo : Digitop Gráfica e Editora, 2024.

ISBN 978-65-89640-18-9

1. Desastres ambientais 2. Desastres naturais 3. Fim do mundo 4. Humanidade - História 5. Impacto ambiental 6. Mudanças climáticas 7. Religião e ciência 8. Planeta Terra I. Título.

24-233598 CDD-904

Índices para catálogo sistemático:

1. Desastres : História 904

Eliane de Freitas Leite - Bibliotecária - CRB 8/8415

INTRODUÇÃO

O Apocalipse. Durante milênios, a humanidade ouviu sussurros sobre o fim dos tempos, pintados em palavras de medo e reverência.

Histórias ancestrais falavam de deuses furiosos, de destruição vindoura, de um mundo que desmoronaria em caos e escuridão. Mas, e se o apocalipse não fosse apenas uma metáfora, um mito antigo? E se ele já estivesse entre nós?

Hoje, olhamos para o horizonte e vemos os sinais. A natureza, que um dia foi nossa mãe, agora se rebela como uma força furiosa e imprevisível. Furacões surgem com uma intensidade nunca antes vista, varrendo cidades inteiras em horas. Vulcões adormecidos há séculos despertam, cuspindo fogo e destruição. A terra treme, partindo continentes e devorando civilizações. As águas, que um dia sustentaram a vida, agora avançam impiedosas, afogando o que antes parecia inabalável.

Mas o verdadeiro terror do apocalipse moderno não reside apenas na fúria dos elementos. Está no silêncio após a destruição. Está no desconhecido que segue a ruína. Em um mundo conectado por tecnologia, ironicamente, a verdadeira catástrofe é a nossa desconexão: com a natureza, uns com os outros e, talvez, até conosco mesmos.

Este livro é uma jornada pelos desastres que moldam o nosso presente e o que pode ser o futuro. Um futuro onde a natureza não pede mais licença, mas toma de volta o que é dela. Um futuro onde o fim pode não ser súbito, mas um longo, agonizante colapso que já começou.

Este não é um conto de ficção. O apocalipse não é um distante "e se". Ele é agora. Ele está aqui.

SUMÁRIO

Capítulo 1
O Chamado da Terra – Terremotos e Falhas Geológicas

O chão sob nossos pés, que sempre consideramos firme e imutável, guarda em seu interior forças de uma magnitude aterradora. As placas tectônicas, invisíveis a olho nu, movem-se lentamente, mas de maneira inexorável, armazenando uma energia que, quando liberada, pode mudar o curso da história humana em minutos. Os terremotos, resultado dessas forças em ação, são um lembrete brutal de que a terra não é estática. O planeta está vivo, e seu grito pode ser devastador.

A Origem da Destruição: O Que São os Terremotos?

Os terremotos ocorrem quando a tensão acumulada entre placas tectônicas é liberada de forma repentina. Imagine uma mola sendo comprimida por anos, décadas ou até séculos. Quando essa pressão se torna insuportável, a mola se solta com uma força devastadora. É o que acontece nas profundezas da terra, quando as placas que formam a crosta terrestre se movem, colidem ou se afastam.

A magnitude de um terremoto varia de acordo com a quantidade de energia liberada. A Escala Richter, usada para medir a intensidade dos terremotos, vai de 1 a 10, mas mesmo um tremor de magnitude 6 pode causar destruição em larga escala, dependendo da densidade populacional e da infraestrutura da área atingida. O que torna os terremotos particularmente apocalípticos é sua imprevisibilidade e a falta de controle que temos sobre eles. Não há aviso, não há como fugir.

A Terra Treme: Grandes Terremotos da História

A história está repleta de exemplos de terremotos devastadores. Esses eventos servem como um lembrete sombrio do poder da Terra e da fragilidade humana.

O Terremoto de Lisboa, 1755: Um dos mais destrutivos da história europeia, atingiu Portugal em 1º de novembro de 1755, devastando Lisboa em minutos. Com uma magnitude estimada entre 8,5 e 9, o tremor destruiu grande parte da cidade e gerou um tsunami que avançou sobre as costas da Europa e do norte da África. Mais de 60 mil pessoas morreram, e o evento foi tão significativo que mudou a forma como os filósofos europeus viam o mundo, questionando a bondade divina e o controle da humanidade sobre a natureza.

O Terremoto de San Francisco, 1906: Com magnitude estimada de 7,9, o terremoto de San Francisco destruiu 80% da cidade. Os incêndios que se seguiram ao tremor acabaram com o que restava. O desastre deixou cerca de 3 mil mortos e dezenas de milhares de desabrigados. Mais do que um evento isolado, o terremoto de San Francisco trouxe à tona a vulnerabilidade das cidades modernas diante dos desastres naturais.

O Terremoto de Valdivia, 1960: Este terremoto no Chile foi o mais forte já registrado na história da humanidade, com uma magnitude de 9,5. Também conhecido como o Grande Terremoto do Chile, causou a morte de mais de 5 mil pessoas e gerou um tsunami que atingiu diversas partes do Pacífico, incluindo Havaí, Japão e Filipinas. A devastação foi imensa, com cidades destruídas e uma área costeira de 1.600 km afetada. O evento mostrou a força brutal que a Terra pode liberar e seu impacto global.

O Terremoto de Tangshan, 1976: Este terremoto, com magnitude de 7,5, foi um dos mais mortais do século 20, atingindo a cidade industrial de Tangshan, na China, e matando aproximadamente 242 mil pessoas. A destruição foi rápida e implacável, com a cidade sendo reduzida a escombros em segundos. O governo chinês manteve o evento em segredo por algum tempo, dificultando os esforços de resgate, e essa tragédia revelou não só a vulnerabilidade física das cidades industriais, mas também a fragilidade da resposta humana diante de desastres em grande escala.

O Grande Terremoto de Tōhoku, 2011: Com uma magnitude de 9,0, este foi o maior terremoto registrado no Japão e um dos cinco mais poderosos já medidos no mundo. Gerou um tsunami que inundou grandes áreas da costa nordeste do país, causando mais de 15 mil mortes e desencadeando o desastre nuclear de Fukushima. Este evento colocou o Japão, uma das nações mais preparadas do mundo para lidar com terremotos, de joelhos, mostrando que, diante de forças tão colossais, até mesmo os sistemas mais avançados podem falhar.

Zonas de Risco: Os Locais Mais Vulneráveis

As regiões do planeta mais propensas a terremotos estão localizadas ao longo das chamadas *falhas tectônicas e zonas de subducção,* onde placas tectônicas colidem ou se movem lateralmente umas em relação às outras. Algumas das áreas mais vulneráveis incluem:

Anel de Fogo do Pacífico: Uma região que circunda o Oceano Pacífico, onde várias placas tectônicas convergem, tornando a área extremamente suscetível a terremotos e erupções vulcânicas. Cidades como Tóquio, Los Angeles e Santiago estão localizadas nesse círculo de atividade sísmica.

Falha de San Andreas, Califórnia: Uma das falhas geológicas mais famosas do mundo, esta é uma linha de fratura entre as placas do Pacífico e da América do Norte. Um grande terremoto ao longo desta falha poderia causar estragos incalculáveis em cidades como Los Angeles e São Francisco.

Falha Alpina, Nova Zelândia: Localizada entre as placas do Pacífico e Indo-Australiana, a Nova Zelândia é frequentemente abalada por terremotos. O país investe pesadamente em infraestrutura resistente a tremores, mas um terremoto de grande magnitude ainda pode ser devastador.

Himalaias: Esta região, onde as placas da Índia e da Eurásia colidem, é outra zona de risco, com grandes terremotos afetando países como Nepal, Índia e Paquistão. O terremoto no Nepal em 2015, com magnitude de 7,8, causou quase 9 mil mortes e deixou centenas de milhares de desabrigados.

Tecnologias Modernas e a Mitigação do Risco

Embora os terremotos sejam inevitáveis, a humanidade desenvolveu tecnologias e estratégias para mitigar os danos. Grandes centros urbanos em áreas de alto risco vêm adotando sistemas de alerta precoce, que detectam as primeiras ondas sísmicas e enviam alertas para a população. Embora esses sistemas possam avisar com apenas alguns segundos de antecedência, eles podem salvar milhares de vidas ao dar tempo para que as pessoas busquem abrigo.

Além disso, a *engenharia sísmica* tem evoluído significativamente. Edifícios em cidades como Tóquio, Los Angeles e Santiago são projetados para resistir a tremores de grande magnitude, usando estruturas flexíveis e materiais que absorvem a energia das ondas sísmicas. No entanto, como os terremotos de magnitude extrema continuam a mostrar, nem toda construção está imune à força destrutiva da terra.

O Apocalipse Através da Terra: Quando o Solo Não É Mais Seguro

Imagine um futuro onde os terremotos se tornam mais frequentes e intensos, alimentados pelas mudanças no equilíbrio natural do planeta. A ideia de que os desastres naturais podem ser amplificados pelas ações humanas, como a exploração desenfreada dos recursos do subsolo e as mudanças climáticas, já não parece tão distante.

Em um cenário apocalíptico, o colapso da crosta terrestre em diferentes regiões do mundo poderia gerar uma série de terremotos catastróficos em cadeia. As cidades superpopulosas entrariam em colapso, a infraestrutura moderna – incluindo redes de comunicação, transporte e abastecimento de água – seria destruída, e a sociedade, incapaz de lidar com a magnitude da destruição, mergulharia no caos.

A Terra em Ruínas: O Futuro da Humanidade

Quando a Terra decide rugir com toda sua força, o que se segue é um espetáculo de destruição inimaginável. As placas tectônicas, antes movendo-se lentamente sob nossos pés, entram em convulsão, desencadeando uma série de terremotos em cadeia que afetam não apenas regiões vulneráveis, mas grandes cidades e centros urbanos ao redor do globo. O impacto inicial é devastador, com edifícios desmoronando, pontes ruindo e estradas sendo engolidas por fendas abertas no solo. No entanto, o verdadeiro apocalipse surge no "dia seguinte", quando as consequências da destruição começam a se desdobrar em todas as esferas da vida humana.

O Colapso das Infraestruturas

As cidades modernas são máquinas intricadas e interconectadas, com infraestruturas dependentes de uma rede delicada de energia, transporte e comunicação. Quando essas infraestruturas entram em colapso, o mundo moderno literalmente para. Imagine grandes metrópoles como Tóquio, Los Angeles ou Nova York mergulhadas em um caos total: *sem eletricidade, sem água potável, sem transportes, sem comunicações*. As cadeias de abastecimento, que mantêm o fluxo de alimentos e suprimentos médicos, seriam interrompidas instantaneamente.

A perda da energia elétrica é um dos primeiros sinais do colapso. Sem ela, hospitais, centros de dados e serviços essenciais ficam offline, deixando milhões de pessoas à mercê de suas próprias condições. O que antes dependíamos para sobreviver — como comunicação via celular, acesso à internet ou simples acesso à água potável — desaparece.

A destruição da infraestrutura de transporte significa que as principais rodovias, ferrovias e aeroportos ficam inoperantes. Isso torna quase impossível enviar ajuda, evacuar áreas afetadas ou distribuir recursos. O pânico toma conta das cidades, com milhões de pessoas lutando para escapar de zonas de perigo, levando a congestionamentos massivos e bloqueios.

A rede de comunicações entra em colapso, cortando o acesso à informação, o que gera caos. A população fica sem saber a real dimensão do desastre, e boatos e pânico se espalham como um segundo choque, exacerbando a crise.

O Impacto Social e Econômico

Em um cenário pós-terremoto, a sociedade entra rapidamente em colapso. O tecido social, baseado em ordem, leis e sistemas de suporte, se desfaz quando a maioria das autoridades locais e sistemas de governo são desmantelados pela catástrofe. O medo e a insegurança tomam conta.

Pânico generalizado: Com a interrupção dos sistemas de abastecimento, alimentos e água se tornam escassos. As pessoas, enfrentando a fome, começam a saquear lojas e lutar por recursos. O medo de não conseguir suprimentos gera violência nas ruas. *Leis e ordens começam a ser desafiadas* conforme as autoridades perdem o controle da situação.

Colapso econômico: Com as cidades devastadas e os mercados interrompidos, as economias globais entram em colapso. O mundo moderno é uma rede interconectada de finanças e produção. Quando um centro econômico importante é destruído, o efeito é sentido em todos os outros. Empresas falem, investimentos evaporam, e o desemprego atinge níveis nunca antes vistos. O comércio internacional cessa, mergulhando nações em crises profundas.

Deslocamentos em Massa e Crises Humanitárias

Com milhões de pessoas perdendo suas casas e comunidades inteiras sendo destruídas, *deslocamentos em massa* se tornam inevitáveis. Pessoas em regiões fortemente afetadas buscarão abrigo em áreas menos afetadas, gerando uma pressão imensa sobre os recursos disponíveis. Países vizinhos e regiões seguras seriam inundados com refugiados climáticos, exacerbando tensões políticas e sociais.

Campos de refugiados crescem descontroladamente: Governos e organizações humanitárias rapidamente ficam sobrecarregados. A falta de saneamento, alimentos e medicamentos cria um terreno fértil para surtos de doenças. Sem um sistema de saúde adequado, epidemias mortais podem se espalhar com rapidez devastadora.

Conflitos por recursos: A escassez de recursos naturais — como água e comida — gera conflitos armados, conforme grupos lutam pelo controle dos poucos recursos restantes. O apocalipse não é apenas sobre a devastação inicial, mas sobre a guerra constante que se segue, onde países e facções disputam território e controle de bens essenciais.

Impacto no Meio Ambiente e no Clima

Os terremotos desencadeiam mudanças não só no solo, mas no ambiente em geral. Grandes terremotos podem afetar ecossistemas inteiros, destruindo habitats naturais e deslocando espécies. Além disso, a ruptura em represas, centrais nucleares ou fábricas industriais pode causar *desastres ambientais em massa*, com vazamentos de materiais tóxicos contaminando o solo, rios e oceanos.

Radiação e contaminação química: Em um cenário onde terremotos atingem plantas nucleares ou químicas, há uma chance de que grandes vazamentos de radiação ou produtos químicos envenenem áreas vastas, tornando-as inabitáveis por décadas. O exemplo mais notório seria um desastre semelhante ao de Fukushima, mas em escala global.

Desastres secundários: Além dos danos diretos dos terremotos, catástrofes secundárias podem ocorrer. Terremotos podem provocar tsunamis devastadores que destroem regiões costeiras inteiras, levando mais destruição para áreas que já estão sobrecarregadas pelo colapso inicial. Além disso, a perturbação da crosta terrestre pode levar à atividade vulcânica e a deslizamentos de terra em grande escala.

O Futuro: Uma Sociedade Pós-Apocalíptica

Após a destruição e o colapso, o que restaria da humanidade? A reconstrução seria lenta e árdua, e não está claro se todas as nações ou sociedades conseguiriam se reerguer. A civilização que conhecemos poderia ser *irremediavelmente alterada*. A urbanização desenfreada que marcou o século 21 daria lugar a uma nova era de *migrações, comunidades fragmentadas e um retorno a formas mais primitivas de sobrevivência.*

O renascimento da subsistência: Com a agricultura industrial destruída e as cadeias de suprimentos globais irremediavelmente interrompidas, os sobreviventes seriam forçados a retornar a modos de vida de subsistência. Pequenas comunidades tentariam sobreviver cultivando suas próprias terras e caçando, em uma paisagem pós-apocalíptica onde as cidades em ruínas são apenas lembranças do passado.

Tecnologia e conhecimento perdidos: Sem infraestrutura e suporte, a maior parte da tecnologia avançada se perderia. O que resta das grandes redes digitais se fragmentaria e desapareceriam, com grande parte do conhecimento científico e tecnológico se perdendo no processo. O homem, outrora no auge de sua evolução tecnológica, retornaria à idade das trevas, sem meios para acessar os avanços do passado.

A Fragilidade da Humanidade

Este trecho destaca a vulnerabilidade essencial da civilização humana frente às forças incontroláveis da natureza. Vamos ampliá-lo em diversas perspectivas, para analisar como, apesar de nossa confiança em tecnologia e progresso, estamos à mercê de um planeta imprevisível e poderoso.

A Ilusão de Controle

A humanidade, ao longo de sua história, construiu uma ideia de controle sobre o ambiente que a cerca. Desde a Revolução Industrial até a Era Digital, avançamos de forma exponencial em ciência, tecnologia, engenharia e medicina, moldando o mundo ao nosso favor. Nós erguemos arranha-céus, dominamos oceanos, e viajamos ao espaço. Criamos megacidades e complexas infraestruturas que sustentam bilhões de vidas. No entanto, essa sensação de segurança pode ser ilusória.

Os desastres naturais — terremotos, tsunamis, furacões, erupções vulcânicas — são lembretes de que a Terra é uma força viva, capaz de destruir instantaneamente aquilo que levou gerações para ser construído. Nenhuma cidade, por mais avançada, está imune. Por mais sofisticados que nossos sistemas de alerta e prevenção sejam, o planeta possui uma força imprevisível e catastrófica que pode nos surpreender a qualquer momento.

Essa ilusão de controle alimenta uma falsa sensação de segurança, onde nos sentimos imunes à devastação porque nossas cidades estão protegidas por tecnologias que, em última análise, são frágeis.

A Dependência da Tecnologia e a Queda da Sociedade

Um dos pontos críticos da fragilidade da humanidade reside na sua dependência extrema da tecnologia e da infraestrutura. Imagine o cenário de um apagão global, como resultado de um evento catastrófico: sem eletricidade, os pilares que sustentam a vida moderna desmoronam rapidamente.

O colapso da comunicação: Sem energia, as redes de telecomunicação desaparecem. Satélites, servidores e torres de transmissão entram em colapso, deixando bilhões de pessoas sem acesso a informações ou a capacidade de coordenar esforços. Com as comunicações interrompidas, a sociedade seria mergulhada no caos, à medida que o pânico e a desinformação se espalham rapidamente.

A paralisação do transporte: Sem combustível ou eletricidade para operar veículos e trens, o transporte se torna um desafio quase insuperável. Grandes áreas urbanas ficariam isoladas e sem meios de fuga. As cidades modernas são abastecidas por redes de transporte que trazem alimentos, água e suprimentos médicos. Quando essas cadeias de abastecimento se interrompem, o colapso social ocorre em questão de dias.

A falência do sistema financeiro: A economia global está completamente digitalizada, dependendo de redes eletrônicas para movimentação de dinheiro e administração de recursos. Sem eletricidade, os mercados financeiros globais parariam, transações bancárias seriam impossíveis, e a economia cairia em uma espiral de caos financeiro. A confiança nos sistemas monetários seria destruída, e a troca de bens e serviços retornaria a um sistema de trocas rudimentares ou à lei do mais forte.

A Volatilidade do Meio Ambiente

Além da dependência tecnológica, a humanidade também é frágil devido à sua vulnerabilidade ao meio ambiente. A civilização moderna depende de ecossistemas estáveis, de um clima previsível e de recursos naturais abundantes para sua sobrevivência. Um grande desastre pode desencadear um efeito dominó ambiental, devastando o planeta de maneiras inesperadas e irreversíveis.

Agricultura e segurança alimentar: A agricultura moderna, responsável por alimentar bilhões de pessoas, é extremamente vulnerável a mudanças climáticas. Desastres naturais podem destruir colheitas em larga escala, levando à fome generalizada. Além disso, um colapso na cadeia de produção e distribuição de alimentos pode deixar populações inteiras sem acesso ao necessário para sobreviver.

Mudanças climáticas extremas: Em um cenário de desastre apocalíptico, os desastres climáticos podem se intensificar devido a desequilíbrios provocados no sistema climático global. Furacões mais fortes, secas severas e inundações catastróficas tornam vastas áreas da Terra inabitáveis. Milhões de pessoas se veriam obrigadas a migrar para áreas mais seguras, o que causaria conflitos por espaço e recursos escassos.

O colapso dos ecossistemas: Além de danos imediatos, desastres naturais podem provocar o colapso de ecossistemas inteiros, com espécies sendo extintas em um efeito cascata. A perda de biodiversidade afeta diretamente a saúde dos solos, a qualidade da água e o ar que respiramos, elementos essenciais para a vida humana.

Um Mundo Interconectado: A Queda em Efeito Cascata

O mundo moderno está interconectado de uma maneira sem precedentes na história. Essa interconexão, que promoveu o avanço das economias e civilizações, também aumenta nossa vulnerabilidade a um colapso sistêmico. Quando um setor crucial falha, todos os outros são impactados, levando a um colapso em cascata.

Globalização e a dependência mútua: Com o comércio global, a produção de bens e recursos está distribuída por diversos países. Um desastre em uma região pode ter ramificações globais. Por exemplo, uma falha nos maiores portos do mundo interromperia as cadeias de fornecimento de produtos essenciais como alimentos, medicamentos e energia, afetando economias em todos os continentes.

Crises políticas e sociais: Em tempos de crise, as divisões políticas e sociais tendem a se agravar. Governos podem falhar em fornecer uma resposta eficaz, resultando em um colapso da ordem social. Grupos extremistas podem emergir, explorando o caos e a insegurança para assumir o poder. A humanidade, no meio de um desastre, não apenas enfrenta as forças da natureza, mas também a si mesma, em uma luta desesperada por sobrevivência.

O Futuro da Humanidade: Uma Nova Era de Sobrevivência

Em um cenário apocalíptico, a humanidade poderia ser forçada a retornar a formas mais simples de vida, onde sobreviver se torna a prioridade. Cidades seriam abandonadas ou se transformariam em ruínas, e os sobreviventes tentariam encontrar novas maneiras de viver em um mundo severamente degradado.

A sobrevivência tribal: Com a infraestrutura moderna destruída, os seres humanos formariam pequenos grupos de sobrevivência, muitas vezes voltando a práticas de subsistência, como caçar, pescar e cultivar pequenos pedaços de terra. As cidades, antes centros vibrantes de cultura e comércio, seriam abandonadas, dando lugar a paisagens devastadas e assombradas por fantasmas do passado.

Uma nova ética de vida: Sem a tecnologia para sustentar o ritmo frenético de vida que conhecemos, os seres humanos teriam que se adaptar a um novo ritmo, mais em sintonia com os ciclos da natureza. A produção de alimentos seria local, e as comunidades dependeriam de trocas diretas para sobreviver. Haveria uma nova ética de sobrevivência, onde a cooperação se tornaria vital, mas o medo e a escassez também criariam conflitos e lutas pelo controle de recursos.

A perda do conhecimento tecnológico: Muito do conhecimento acumulado ao longo dos séculos seria perdido. Sem eletricidade ou acesso à internet, bibliotecas digitais e informações armazenadas em nuvens desapareceriam. A humanidade poderia enfrentar uma nova era das trevas, onde a recuperação do conhecimento perdido poderia levar séculos.

Reflexão Final: A Humildade Frente ao Incontrolável

Por fim, o trecho reflete sobre a lição maior que este cenário apocalíptico nos traz: a necessidade de humildade. Por mais que tenhamos conquistado o mundo natural e dominado sua superfície, somos ainda criaturas frágeis e dependentes de um equilíbrio delicado. O apocalipse, em sua forma mais aterrorizante, nos força a encarar a verdade de que, na grande escala do tempo geológico, somos passageiros temporários em um planeta com forças muito além do nosso controle.

Capítulo 2
Fogo no Céu – Vulcões e Erupções Catastróficas

No coração da Terra, oculto sob camadas de rocha e solo, reside um poder primordial. Um poder que já moldou continentes, forjou montanhas e devastou civilizações. Os vulcões, portais para o inferno geológico, nos lembram que a Terra é viva, com um núcleo fervente que pode explodir a qualquer momento. Quando eles entram em erupção, o céu se transforma em fogo, a terra em cinzas, e o mundo em ruínas. Em um piscar de olhos, a vida pode ser engolida pela fúria vulcânica, criando cenários que ecoam a própria definição de apocalipse.

O Que São os Vulcões?

Os vulcões são aberturas na crosta terrestre que permitem que o magma, gases e cinzas escapem do interior da Terra. Quando a pressão dentro do magma supera a força que o mantém confinado, o vulcão entra em erupção. Essas erupções variam de leves fluxos de lava a explosões violentas, capazes de destruir tudo em seu caminho.

Existem diferentes tipos de vulcões, como os *estratovulcões*, conhecidos por suas erupções explosivas, e os *vulcões escudo*, cujas erupções são menos explosivas, mas ainda assim devastadoras devido aos seus fluxos de lava extensivos. A escala de destruição depende de vários fatores: o tipo de erupção, a localização do vulcão e a densidade populacional ao redor.

Grandes Erupções da História

As erupções vulcânicas são eventos que marcaram a história da humanidade, moldando geografias e redefinindo sociedades inteiras. Vejamos algumas das mais devastadoras.

Pompeia e Herculano, 79 d.C.: Talvez a erupção vulcânica mais famosa da história, o Monte Vesúvio entrou em erupção em 79 d.C., enterrando as cidades romanas de Pompeia e Herculano sob toneladas de cinzas vulcânicas e pedra-pomes. Em poucas horas, cidades vibrantes e suas populações foram soterradas, preservadas para sempre como uma cápsula do tempo, congeladas em seus últimos momentos de vida. Os gases tóxicos e o calor sufocaram milhares de pessoas, deixando um cenário de desolação que, até hoje, serve como um dos maiores exemplos do poder vulcânico.

Monte Tambora, 1815: Outra erupção indonésia, a do Monte Tambora, foi a maior do período moderno, com uma magnitude tão extrema que ela desencadeou um "ano sem verão" no hemisfério norte. Mais de 71 mil pessoas morreram como resultado direto da erupção, e o impacto no clima global foi severo. Colheitas falharam, causando fome generalizada, e o mundo experimentou condições climáticas extremas, desde nevascas no verão até tempestades violentas fora de temporada. Este evento é um lembrete aterrador do poder que os vulcões têm não apenas de destruir localmente, mas de afetar o equilíbrio global.

Erupção do Krakatoa, 1883: Uma das maiores erupções vulcânicas já registradas ocorreu na Indonésia, em 1883. A explosão do Krakatoa foi tão poderosa que foi ouvida a mais de 4.800 km de distância, e suas ondas de choque circundaram o globo várias vezes. O vulcão desencadeou um tsunami gigantesco que matou mais de 36 mil pessoas nas áreas costeiras próximas. Além disso, as cinzas vulcânicas lançadas na atmosfera refletiram a luz solar, baixando as temperaturas globais e causando mudanças climáticas que duraram anos.

Monte Santa Helena, 1980: Localizado nos Estados Unidos, o Monte Santa Helena entrou em erupção de forma catastrófica em 1980, enviando uma coluna de cinzas e gás a mais de 24 km de altura e devastando 600 km^2 de floresta em segundos. Esta erupção matou 57 pessoas e foi uma das mais documentadas da história moderna, oferecendo uma visão mais clara dos efeitos da atividade vulcânica em áreas densamente povoadas. O Monte Santa Helena lembrou ao mundo que até mesmo nações modernas e altamente desenvolvidas estão vulneráveis à fúria da Terra.

As Zonas de Fogo do Planeta

O perigo vulcânico não está distribuído de forma igual pelo planeta. Certas regiões são particularmente vulneráveis devido à sua localização ao longo de falhas geológicas e limites de placas tectônicas.

O Anel de Fogo do Pacífico: Esta região, que circunda o Oceano Pacífico, abriga aproximadamente 75% dos vulcões ativos do mundo. Cidades como Tóquio, Santiago, Manila e Seattle estão localizadas em áreas de risco vulcânico dentro desse anel. Aqui, as placas tectônicas se encontram, gerando uma enorme quantidade de atividade sísmica e vulcânica.

A Islândia, Terra de Fogo e Gelo: Situada no topo da Dorsal Mesoatlântica, a Islândia é um dos locais mais vulcanicamente ativos do planeta. Em 2010, a erupção do vulcão *Eyjafjallajökull* lançou cinzas na atmosfera, paralisando o tráfego aéreo em toda a Europa por semanas e causando bilhões de dólares em prejuízos econômicos. A Islândia lembra ao mundo que até mesmo uma erupção de médio porte pode ter consequências globais em nossa era moderna e interconectada.

Havaí, os Vulcões Escudo: As ilhas havaianas, formadas por vulcões, ainda estão em constante transformação. O vulcão Kīlauea, um dos mais ativos do mundo, tem entrado em erupção continuamente desde 1983. Embora suas erupções sejam menos explosivas, o fluxo constante de lava reconfigura a geografia da ilha e pode devastar comunidades próximas.

Monte Vesúvio, o Despertar de um Gigante Adormecido: O Monte Vesúvio, que destruiu Pompeia e Herculano, continua ativo e é considerado um dos vulcões mais perigosos do mundo. Situado perto da cidade densamente povoada de Nápoles, uma erupção moderna poderia ser catastrófica, ameaçando milhões de vidas e destruindo vastas áreas urbanas.

A Fúria do Céu: A Força da Natureza Desencadeada

Quando os vulcões entram em erupção, eles liberam uma força que vai além do calor e das explosões. As *nuvens piroclásticas*, formadas por cinzas, gases e rochas superquentes, podem atingir velocidades de até 700 km/h, incinerando tudo em seu caminho. Estes fluxos são um dos aspectos mais mortais das erupções vulcânicas, pois viajam rapidamente e sem aviso, cobrindo áreas imensas em minutos.

Além disso, o material expelido pelos vulcões pode causar efeitos duradouros no clima global. As erupções que lançam grandes quantidades de dióxido de enxofre na estratosfera bloqueiam parte da radiação solar, provocando um fenômeno conhecido como *inverno vulcânico*. Este tipo de alteração climática já foi registrado várias vezes ao longo da história, como após a erupção do Tambora, quando as temperaturas globais caíram e a agricultura foi afetada, causando fome em muitas partes do mundo.

Vulcões no Futuro Apocalíptico

Em um cenário apocalíptico, os vulcões desempenham um papel central. Se múltiplos vulcões ao redor do mundo entrassem em erupção ao mesmo tempo, o impacto combinado poderia ser catastrófico em escala global. Grandes erupções poderiam alterar drasticamente o clima da Terra, causar colapsos agrícolas e engatilhar guerras por recursos.

Cidades inteiras poderiam ser destruídas em segundos por fluxos piroclásticos ou cobertas por camadas de lava e cinzas. A inalação de gases tóxicos, como dióxido de enxofre e monóxido de carbono, tornaria grandes áreas inabitáveis, obrigando populações inteiras a migrarem para regiões seguras, o que poderia desencadear crises humanitárias de proporções inimagináveis.

Em um cenário mais extremo, um *supervulcão*, como o de Yellowstone nos Estados Unidos, poderia entrar em erupção, lançando bilhões de toneladas de magma na atmosfera e desencadeando um evento global de extinção em massa. A erupção de um supervulcão tem o potencial de alterar o curso da civilização, obscurecendo o céu por anos, destruindo a agricultura e provocando um colapso global da sociedade.

A Terra em Chamas: A Luta Pela Sobrevivência

Enquanto os vulcões representam uma força incontrolável da natureza, o verdadeiro terror apocalíptico é o que segue a destruição. No rastro de uma erupção vulcânica, o mundo não apenas enfrenta a fúria do magma e da lava, mas também uma cascata de desastres secundários que colocam em risco a vida e a civilização como conhecemos. O fogo e a fumaça transformam a paisagem, mas a verdadeira luta pela sobrevivência começa quando o chão esfriado se torna o novo normal.

O Desastre Imediato

Quando um vulcão entra em erupção, a devastação é instantânea e total. Cidades localizadas em suas proximidades são engolidas por lava incandescente e cinzas. A erupção libera toneladas de gases tóxicos e partículas na atmosfera, obscurecendo o céu e criando um ambiente hostil.

Destruição e Deslocamento: As populações locais são forçadas a evacuar rapidamente, deixando para trás suas casas, pertencentes e memórias. O deslocamento em massa gera pânico e desespero, à medida que as pessoas tentam encontrar segurança em áreas mais distantes. As rotas de fuga rapidamente se tornam congestionadas, e muitos ficam presos em áreas de perigo.

Cenário pós-erupção: A paisagem agora é um deserto de cinzas e rochas vulcânicas, coberta por uma nuvem densa de fumaça. O clima muda drasticamente, com o sol obscurecido por dias ou semanas, levando a temperaturas mais baixas. A vegetação, antes vibrante, é transformada em uma terra árida e estéril. Os sobreviventes enfrentam um novo mundo inóspito.

Os Desafios da Sobrevivência

No mundo pós-erupção, a luta pela sobrevivência se intensifica. Com as cidades destruídas, as comunidades são forçadas a se adaptar a novas realidades e a encontrar maneiras de viver em um ambiente hostil.

Escassez de Recursos: A interrupção das cadeias de abastecimento resulta em escassez de alimentos, água potável e medicamentos. Os sobreviventes precisam se reorganizar, muitas vezes voltando a práticas de subsistência. Jardins comunitários surgem nas ruínas, enquanto as pessoas tentam cultivar alimentos em solo coberto de cinzas. A coleta de água torna-se uma prioridade, com cada gota valendo ouro.

Conflitos e Convivência: À medida que os recursos se tornam escassos, a tensão entre grupos de sobreviventes aumenta. Lutas por alimentos e água se tornam comuns, e alianças são formadas e rompidas rapidamente. A necessidade de sobrevivência pode levar a ações desesperadas e à violência. Por outro lado, algumas comunidades podem optar por se unir para proteger uns aos outros, formando laços mais fortes em tempos de crise.

Saúde e Doenças: A erupção vulcânica não só afeta o ambiente físico, mas também a saúde da população. A inalação de cinzas e gases tóxicos pode causar problemas respiratórios e outras complicações de saúde. A falta de acesso a cuidados médicos transforma doenças comuns em ameaças mortais. Os sobreviventes devem se adaptar e encontrar soluções, muitas vezes utilizando plantas e remédios tradicionais para tratar ferimentos e doenças.

O Impacto no Clima e Ecossistema

As erupções vulcânicas têm um impacto significativo no clima global. A liberação de partículas e gases na atmosfera pode criar um fenômeno conhecido como "inverno vulcânico", onde as temperaturas diminuem drasticamente devido à obstrução da luz solar.

Mudanças Climáticas: A diminuição da temperatura global afeta os ciclos agrícolas, levando a colheitas falidas e fome. Além disso, a liberação de dióxido de enxofre pode resultar em chuva ácida, que prejudica ainda mais a vegetação e a qualidade da água. Os ecossistemas locais e globais sofrem, resultando em uma perda de biodiversidade e extinções em massa.

Deslocamento Animal: A vida selvagem também é profundamente afetada. Animais que habitavam as áreas próximas ao vulcão são forçados a fugir em busca de novos lares, o que provoca um desarranjo dos ecossistemas. A competição por recursos se torna intensa, e novas dinâmicas entre espécies se estabelecem em um ambiente alterado.

Um Novo Começo?

Em meio a toda a destruição, a humanidade ainda encontra uma forma de resistir e se reinventar. Ao lidar com a nova realidade, os sobreviventes se tornam mais resilientes e adaptáveis.

- **Cultura e Comunidade:** A luta pela sobrevivência cria novas culturas e tradições, à medida que as comunidades se reúnem para compartilhar histórias e experiências. A criatividade humana floresce em tempos de crise, e a arte, a música e a narrativa se tornam formas de expressar dor, perda e esperança.

- **Relação com a Natureza**: A relação da humanidade com a natureza se transforma. Após vivenciar a fúria da Terra, as pessoas podem se tornar mais conscientes da necessidade de respeitar e proteger o meio ambiente. A sustentabilidade e a harmonização com os ciclos naturais tornam-se prioridades, à medida que a sociedade busca evitar repetir os erros do passado.

- **O Despertar da Consciência Ambiental:** A experiência de vivenciar a fúria da Terra faz com que a humanidade passe a perceber a urgência de se reconectar com a natureza de maneira mais consciente e sustentável. "As pessoas podem se tornar mais conscientes da necessidade de respeitar e proteger o meio ambiente" é um chamado à reflexão sobre os danos que a humanidade tem causado ao planeta. Desastres naturais, muitas vezes agravados pelas mudanças climáticas e pela exploração insustentável dos recursos, forçam a sociedade a reconhecer sua responsabilidade em preservar o equilíbrio ecológico.

- **Evitando os Erros do Passado**: A frase "à medida que a sociedade busca evitar repetir os erros do passado" sublinha o fato de que esses desastres não são apenas lições pontuais, mas sim oportunidades para mudança. A ideia é que, tendo aprendido as duras lições com o colapso ambiental e as catástrofes naturais, as pessoas e as nações têm a chance de fazer diferente. Isso pode significar a adoção de políticas mais rigorosas de proteção ambiental, a busca por energias renováveis, o respeito pela biodiversidade e a conscientização de que a sobrevivência da humanidade está interligada à saúde do planeta

Reflexão Final

"A Terra em Chamas" simboliza não apenas a destruição, mas também a capacidade de resiliência da humanidade. A luta pela sobrevivência após uma erupção vulcânica revela a fragilidade da vida moderna e a necessidade de revermos nosso lugar no mundo. Embora o caminho para a recuperação seja longo e cheio de desafios, a chama da esperança ainda brilha nas cinzas. No rescaldo da devastação, a humanidade pode encontrar não apenas a sobrevivência, mas um novo propósito e um renovado respeito pela Terra. Esse trecho aborda a luta pela sobrevivência após uma erupção vulcânica, detalhando as dificuldades e a adaptação que a humanidade deve enfrentar em um mundo transformado. Se desejar ajustar algo ou adicionar novos elementos, estou à disposição!

Capítulo 3
A Fúria dos Oceanos – Tsunamis e Enchentes

O oceano, fonte de vida e abundância, também carrega em suas profundezas o poder de destruição incomparável. No cenário apocalíptico moderno, as águas que cercam a humanidade tornam-se uma ameaça constante, com tsunamis monstruosos e enchentes devastadoras ceifando vidas e remodelando a geografia costeira. Este capítulo explora a destruição causada pelos tsunamis, o impacto das mudanças climáticas no aumento das inundações e a luta pela sobrevivência nas áreas costeiras.

O impacto das mudanças climáticas no agravamento desses desastres naturais. À medida que o aquecimento global altera os padrões climáticos, a frequência e a intensidade de inundações e tsunamis também aumentam. O aumento do nível do mar, por exemplo, faz com que as áreas costeiras se tornem ainda mais vulneráveis às tempestades e aos tsunamis. Além disso, a alteração dos padrões climáticos pode provocar mais eventos extremos, como chuvas torrenciais, que agravam as enchentes.

Esse fator conecta a destruição apocalíptica dos oceanos com ações humanas, sugerindo que a intervenção humana está acelerando a frequência desses eventos destrutivos.

As áreas costeiras, geralmente densamente povoadas e economicamente cruciais, são as mais vulneráveis aos tsunamis e às enchentes. A destruição dessas regiões não apenas ameaça vidas humanas, mas também redes inteiras de infraestrutura, economia e cultura. Este capítulo provavelmente explora como comunidades costeiras lutam para sobreviver após esses desastres, enfrentando a perda de lares, entes queridos e sustento.

1. Tsunamis: O Despertar do Oceano

Os tsunamis, ondas gigantes desencadeadas por terremotos submarinos, erupções vulcânicas ou deslizamentos de terra, sempre representaram um dos mais temíveis desastres naturais. Quando uma massa colossal de água é deslocada abruptamente, o oceano parece despertar de um sono profundo e furioso, liberando ondas que avançam implacavelmente em direção à terra.

O Impacto Devastador nas Áreas Costeiras

As áreas costeiras, com suas paisagens paradisíacas e economia baseada no turismo e na pesca, estão entre as mais vulneráveis a um tsunami. A destruição causada por essas ondas gigantes é completa e imperdoável.

Destruição Instantânea: Quando um tsunami atinge a costa, a força de suas ondas varre tudo em seu caminho. Edifícios, estradas, veículos e infraestruturas são arrastados como brinquedos pela corrente implacável. As ondas engolem cidades costeiras inteiras em questão de minutos, deixando um rastro de destruição e caos. O impacto é tão severo que até mesmo grandes estruturas de concreto podem ser pulverizadas pelo poder do oceano.

Cidades Afundadas: Algumas regiões costeiras são completamente submersas após um tsunami. O nível da água sobe de maneira tão dramática que cidades inteiras desaparecem do mapa, afogadas sob toneladas de água. Áreas que eram densamente povoadas e vibrantes transformam-se em oceanos estagnados de destroços flutuantes.

A Força Absurda do Oceano: Uma Descrição Apocalíptica

Imagine uma cidade tranquila à beira-mar. O horizonte, normalmente calmo e azul, subitamente se transforma em uma parede negra de água que se ergue sobre o mar como se o próprio oceano estivesse se rebelando contra a terra. O som da onda gigantesca se aproximando é como um trovão incessante, um rugido que sacode o chão e faz tremer o ar. O medo toma conta da população, mas não há para onde correr. As ondas se chocam contra a costa com uma fúria inimaginável, arrastando tudo para o abismo.

O Impacto da Primeira Onda: A primeira onda é um soco da natureza, quebrando qualquer barreira erguida para contê-la. Barcos são lançados como folhas ao vento, e arranha-céus envidraçados estilhaçam sob a pressão da água. A cidade é engolida, os gritos de seus habitantes silenciados pela força esmagadora do oceano.

Ondas Consecutivas: O verdadeiro horror de um tsunami não está apenas na primeira onda, mas nas ondas consecutivas que seguem. Cada uma mais feroz, menos previsível, devastando o que restou. A água, repleta de destroços, se transforma em um redemoinho mortal, carregando fragmentos de construções, árvores arrancadas e os corpos daqueles que não conseguiram escapar.

2. Inundações: As Marés Lentas da Destruição

Além dos tsunamis repentinos, as inundações causadas pelas mudanças climáticas também representam uma ameaça crescente. Essas inundações não são eventos instantâneos, mas processos lentos e inexoráveis que afundam cidades e vilarejos, forçando populações inteiras a abandonar suas casas e suas vidas.

O Papel das Mudanças Climáticas

Com o aquecimento global, os padrões climáticos ao redor do mundo estão mudando drasticamente. O aumento das temperaturas está provocando o derretimento acelerado das calotas polares e das geleiras, o que contribui diretamente para o aumento do nível do mar. Além disso, eventos climáticos extremos, como tempestades e furacões, estão se tornando mais frequentes e intensos.

Elevação do Nível do Mar: O aumento constante do nível do mar já está forçando milhões de pessoas a abandonarem suas casas em regiões costeiras baixas. Cidades como Miami, Jacarta e Veneza enfrentam inundações regulares, e projeções indicam que muitas dessas áreas estarão permanentemente submersas em poucas décadas. As margens de continentes inteiros começam a ceder lentamente às águas que, dia após dia, engolem mais terra.

Furacões e Tempestades Mais Violentas: O aumento da temperatura do oceano alimenta tempestades mais violentas, com furacões e ciclones devastando regiões inteiras. Além da destruição imediata causada pelos ventos, essas tempestades trazem consigo chuvas torrenciais, resultando em enchentes que arrasam comunidades.

O Cenário Apocalíptico das Inundações

Em um mundo pós-apocalíptico, as cidades costeiras sofrem uma lenta agonia enquanto as águas continuam a subir. Ruas, praças e edifícios, outrora movimentados, são agora desertos aquáticos. Pontes se tornam inúteis, atravessando apenas oceanos intermináveis. As poucas pessoas que permanecem lutam para sobreviver em ambientes cada vez mais aquáticos, vivendo em telhados de edifícios afundados ou em pequenas embarcações improvisadas.

Inundações nas Megacidades: Grandes cidades costeiras, outrora centros de comércio e cultura, se tornam terrenos férteis para catástrofes. Em um cenário apocalíptico, as ruas de cidades como Nova York, Tóquio ou Londres estão completamente submersas, com arranha-céus que parecem ilhas no meio de um vasto oceano urbano. Carros abandonados flutuam junto com destroços, enquanto os sobreviventes se deslocam em barcos improvisados.

Colapso das Barragens: Muitas áreas urbanas dependem de barragens para controlar o fluxo de água, especialmente em períodos de chuvas intensas. No entanto, à medida que eventos climáticos extremos se tornam mais frequentes, essas barragens não conseguem conter a pressão. Quando uma grande barragem entra em colapso, o resultado é uma inundação apocalíptica que varre quilômetros de território abaixo dela, destruindo vilarejos, campos e cidades.

3. A Luta Pela Sobrevivência

A destruição causada pelos tsunamis e inundações transforma a luta pela sobrevivência em um campo de batalha aquático. Os sobreviventes dessas catástrofes enfrentam uma série de desafios terríveis, desde a escassez de alimentos até a proliferação de doenças.

Escassez de Recursos

As inundações não apenas destroem casas e infraestruturas, mas também arruínam colheitas e contaminam fontes de água potável. Com as terras agrícolas submersas, a produção de alimentos entra em colapso, levando à fome generalizada. Sem sistemas de saneamento funcionais, as águas inundadas rapidamente se tornam focos de doenças como cólera e malária.

Deslocamento em Massa

Milhões de pessoas são forçadas a abandonar suas casas e migrar para áreas mais seguras, criando crises humanitárias. Acampamentos de refugiados surgem em regiões elevadas, mas a superlotação, combinada com a falta de recursos, transforma esses locais em focos de desespero e violência. Conflitos por alimentos e água são comuns, e as tensões entre diferentes grupos de deslocados rapidamente degeneram em caos.

A Nova Realidade: Viver com o Oceano

À medida que o nível do mar continua a subir e as inundações se tornam mais frequentes, a humanidade começa a adaptar suas vidas para sobreviver em um mundo dominado pela água.

Cidades Flutuantes: Algumas das áreas mais afetadas tentam construir infraestruturas flutuantes para manter as populações em áreas inundadas. Pequenas comunidades flutuantes surgem, mas essas soluções provisórias não conseguem lidar com a crescente demanda por abrigo e alimentos.

Agricultura Subaquática: Em um esforço desesperado para sustentar a vida, cientistas e agricultores experimentam a criação de colheitas resistentes à água e ao sal, ou até mesmo com culturas hidropônicas submersas. Embora esses avanços tecnológicos ofereçam uma pequena esperança, não conseguem atender às necessidades de uma população crescente.

Esse cenário levanta uma reflexão mais profunda sobre os limites da inovação tecnológica e a necessidade de abordagens integradas para enfrentar os desafios globais, como a segurança alimentar e a sustentabilidade ambiental. Ele nos lembra que, por mais avançada que seja a tecnologia, ela ainda enfrenta limitações impostas pelas condições físicas e ambientais do planeta.

Por fim, o conceito de agricultura subaquática pode simbolizar a resiliência humana em tempos de crise, mas também a realidade de que, para enfrentar verdadeiramente as crises globais, será necessário muito mais do que apenas tecnologia. A conscientização ambiental, a gestão responsável dos recursos e uma reavaliação das práticas agrícolas globais serão essenciais para sustentar a vida no planeta.

Acontecimentos de Tsunamis e Enchentes

Ao longo dos últimos 100 anos, tsunamis e enchentes têm causado devastação significativa em todo o mundo. Esses eventos, muitas vezes causados por forças naturais extremas, também foram exacerbados pelas mudanças climáticas e pela ocupação humana em áreas vulneráveis. As catástrofes destacam a importância de estratégias de preparação, infraestrutura resiliente e a mitigação de desastres para minimizar as perdas humanas e econômicas.

Enchente de Mississipi - EUA, 1927

Causa: Chuvas constantes e inundações.
Origem: Bacia do Rio Mississippi, EUA.
Vítimas: Cerca de 500 mortes e milhares de desabrigados.

Descrição: A enchente de 1927 foi a maior e mais devastadora já registrada no Vale do Mississippi. Grandes áreas agrícolas foram inundadas, o que provocou o deslocamento de centenas de milhares de pessoas, especialmente da população negra. Esse evento foi um marco para a mudança das políticas de controle de enchentes nos EUA.

Enchente do Rio Amarelo - China, 1931

Causa: Chuvas torrenciais e derretimento de neve.
Origem: Bacia do Rio Amarelo, China.
Vítimas: Entre 1 a 4 milhões de mortes (estimativa).

Descrição: Considerada uma das piores catástrofes naturais do século 20, essa enchente devastou grandes áreas da China, destruindo milhões de hectares de plantações e causando fome generalizada. A combinação de chuvas intensas e enchentes em três dos maiores rios da China (Yangtzé, Huai e Rio Amarelo) resultou em uma inundação de escala massiva.

Tsunami no Japão (Sanriku) - 2 de março de 1933

Causa: Terremoto submarino de magnitude 8,4.
Origem: Costa de Sanriku, Japão.
Vítimas: Aproximadamente 3.000 mortes.

Descrição: Este tsunami foi causado por um grande terremoto na costa nordeste do Japão. As ondas atingiram até 29 metros de altura em alguns pontos, destruindo milhares de casas e aldeias costeiras.

Enchente de Ruparé - Índia, 1967

Causa: Monções intensas.
Origem: Estado de Bengala Ocidental, Índia.
Vítimas: Cerca de 2.000 mortes.

Descrição: As monções extremamente fortes causaram inundações devastadoras, afetando vastas áreas agrícolas e aldeias. Muitas pessoas ficaram desabrigadas, e os prejuízos econômicos foram elevados.

Tsunami de Flores - Indonésia, 12 de dezembro de 1992

Causa: Terremoto submarino de magnitude 7,8.
Origem: Ilha de Flores, Indonésia.
Vítimas: Cerca de 2.500 mortes.

Descrição: Um terremoto submarino perto da ilha de Flores, na Indonésia, gerou um tsunami com ondas de até 36 metros. A cidade de Maumere foi gravemente atingida, e muitos vilarejos costeiros foram destruídos.

Tsunami no Mar de Okhotsk - Rússia, 6 de agosto de 1994

Causa: Terremoto submarino de magnitude 7,5.
Origem: Mar de Okhotsk, Rússia.
Vítimas: Cerca de 10 mortes.

Descrição: Este tsunami atingiu a Península de Kamchatka e outras áreas costeiras no leste da Rússia. Embora o número de mortes tenha sido relativamente baixo, o impacto econômico foi significativo, com danos generalizados às infraestruturas.

Tsunami no Oceano Índico - 26 de dezembro de 2004

Causa: Terremoto submarino de magnitude 9,1–9,3.
Origem: Litoral de Sumatra, Indonésia.
Vítimas: Cerca de 230.000 a 280.000 mortes.

Descrição: Esse tsunami foi um dos mais devastadores da história moderna. Um enorme terremoto submarino, um dos mais fortes já registrados, desencadeou ondas gigantescas que atingiram várias costas ao redor do Oceano Índico, incluindo Indonésia, Tailândia, Sri Lanka, Índia e até a costa leste da África. A catástrofe resultou em uma destruição massiva de vilarejos, infraestruturas e vidas humanas.

Enchente do Paquistão - 2010

Causa: Chuvas de monções extremas.
Origem: Paquistão.
Vítimas: Mais de 2.000 mortes.

Descrição: As chuvas de monções intensas causaram inundações devastadoras, que afetaram cerca de um quinto do território do Paquistão. Milhões de pessoas foram deslocadas e enfrentaram fome e doenças em meio à destruição de plantações e vilarejos.

Tsunami e Terremoto de Tohoku - Japão, 11 de março de 2011

Causa: Terremoto submarino de magnitude 9,0.
Origem: Costa de Tohoku, Japão.
Vítimas: Cerca de 15.900 mortes confirmadas.

Descrição: Este evento devastador foi causado por um terremoto de grande magnitude no nordeste do Japão, gerando um tsunami de até 40 metros de altura. As ondas destruíram milhares de casas, provocaram o derretimento de reatores na Usina Nuclear de Fukushima e resultaram em um desastre nuclear de grande escala.

Enchentes na Europa Central - 2013

Causa: Chuvas persistentes.
Origem: Alemanha, Áustria, República Tcheca, Eslováquia e Hungria.
Vítimas: Cerca de 25 mortes.

Descrição: Grandes enchentes na Europa Central foram causadas por chuvas contínuas, resultando em inundações nos principais rios da região. Milhares de pessoas foram evacuadas, e a infraestrutura em áreas urbanas e rurais sofreu danos extensos.

Enchentes na Índia e Bangladesh - 2017

Causa: Chuvas de monções.
Origem: Sul da Ásia, principalmente Índia, Nepal e Bangladesh.
Vítimas: Mais de 1.200 mortes.

Descrição: A temporada de monções em 2017 trouxe chuvas torrenciais que causaram graves inundações e deslizamentos de terra, especialmente nas regiões de Assam, Bihar e Uttar Pradesh, na Índia. Bangladesh também foi duramente atingido, com milhões de pessoas desabrigadas e perdas significativas de plantações.

Enchente na Alemanha e Bélgica - Julho de 2021

Causa: Chuvas torrenciais e elevação rápida dos rios.
Origem: Alemanha, Bélgica, Luxemburgo e Holanda.
Vítimas: Mais de 220 mortes.

Descrição: As enchentes foram causadas por chuvas sem precedentes na Europa Central, principalmente na Alemanha e na Bélgica. As enchentes danificaram seriamente vilarejos, infraestrutura e provocaram deslizamentos de terra. Houve um debate intenso sobre o impacto das mudanças climáticas nesse desastre.

Reflexão Final

"A Fúria dos Oceanos" não representa apenas um capítulo da destruição física, mas também a crua realidade de que a Terra, em sua própria transformação, não perdoa. Tsunamis e enchentes são símbolos dessa nova era, onde a luta pela sobrevivência não se dá apenas em terra, mas contra as próprias águas que cercam e engolem a humanidade. As comunidades que sobreviverem a essa catástrofe serão aquelas que aprenderem a coexistir com o poder implacável dos oceanos e a encontrar novas maneiras de sobreviver em um mundo onde o chão firme é uma lembrança distante.

Capítulo 4
Ventos da Destruição – Furacões e Tornados

O vento, invisível e impalpável, carrega em sua essência um poder devastador quando se transforma em furacões e tornados. Esses fenômenos atmosféricos, imprevisíveis e violentos, trazem consigo uma força destrutiva capaz de dizimar cidades, transformar paisagens e ceifar vidas em questão de minutos. Neste capítulo, exploraremos como esses monstros atmosféricos nascem, as consequências de sua passagem e como, no cenário apocalíptico, eles se tornam ainda mais aterrorizantes e frequentes devido às mudanças climáticas.

A Nascente da Fúria: Como Furacões e Tornados se Formam

Formação de Furacões

Os furacões, também conhecidos como ciclones tropicais ou tufões, dependendo da região, são tempestades colossais que se formam sobre águas oceânicas quentes. Para que um furacão nasça, uma série de condições atmosféricas precisa estar em sincronia perfeita:

Águas Quentes e Atmosfera Instável: A água do oceano precisa estar a pelo menos 26,5°C para fornecer a energia necessária. O calor da água evapora e sobe, levando junto grandes quantidades de umidade para a atmosfera. À medida que o vapor de água sobe, ele condensa, formando nuvens e liberando calor latente, que por sua vez alimenta o furacão.

Formação do Olho do Furacão: À medida que a tempestade ganha força, os ventos começam a girar ao redor de um centro de baixa pressão, formando o "olho" do furacão, uma área surpreendentemente calma cercada por uma parede de nuvens monstruosas e ventos violentos. Quanto mais organizado o sistema, mais forte ele se torna.

Escalonamento de Categorias: Medidos pela Escala Saffir-Simpson, os furacões variam de categoria 1 (ventos de 119-153 km/h) até a temível categoria 5 (ventos superiores a 252 km/h), onde a destruição é total.

Formação de Tornados

Diferentemente dos furacões, que se formam em áreas tropicais e crescem ao longo de dias, os tornados são tempestades locais, extremamente rápidas e ferozes. Formados a partir de tempestades severas (supercélulas), os tornados são funis de vento giratório com velocidades que podem ultrapassar 480 km/h. O processo de formação inclui:

Ar Instável e Correntes de Convecção: Tornados geralmente ocorrem quando o ar quente e úmido próximo ao solo encontra ar frio e seco nas camadas superiores da atmosfera. A diferença de temperatura cria fortes correntes ascendentes, conhecidas como correntes de convecção.

Correntes de Vento: Se houver ventos que mudam de direção e velocidade com a altura (corte de vento), isso pode fazer com que o ar suba em espiral, resultando na formação do funil de um tornado.

Classificação pelo Potencial de Destruição: Os tornados são classificados pela Escala Fujita Melhorada (EF), que vai de EF0 (dano leve, ventos entre 105-137 km/h) até EF5 (dano incrível, ventos superiores a 322 km/h). A ferocidade e imprevisibilidade dos tornados fazem deles um dos fenômenos mais temidos no mundo natural.

A Destruição Implacável: O Impacto de Furacões e Tornados

A Devastação Causada pelos Furacões

Furacões têm um poder destrutivo que afeta áreas vastas, de centenas a milhares de quilômetros de diâmetro. Os efeitos de um furacão são múltiplos e devastadores:

Ventos Extremos: As rajadas de vento são poderosas o suficiente para arrancar telhados, derrubar árvores, postes de energia e até mesmo edifícios inteiros. Cidades costeiras e rurais são varridas pelo vento, deixando para trás um cenário de desolação.

Ondas de Tempestade (Storm Surge): Um dos aspectos mais perigosos dos furacões é a maré de tempestade, onde os ventos intensos empurram grandes quantidades de água para a costa. A combinação de marés elevadas e ondas gigantescas pode submergir cidades costeiras, transformando ruas em rios em questão de minutos.

Chuvas Torrenciais e Inundações: A quantidade de chuva que um furacão pode produzir é impressionante. Com tempestades que duram dias, cidades inteiras podem ficar submersas, resultando em inundações catastróficas que destroem casas, colhem vidas e isolam comunidades.

O Terror dos Tornados

Embora os tornados cubram uma área menor que os furacões, sua intensidade é aterrorizante:

Ventos Devastadores: Os ventos de um tornado são tão rápidos que podem arrancar árvores pelas raízes, levantar carros e caminhões do chão e transformar os destroços em projéteis mortais. Casas e edifícios em seu caminho são frequentemente completamente destruídos, com poucas chances de sobrevivência para quem estiver no seu rastro direto.

Caminhos de Destruição: Tornados podem surgir sem aviso e varrer tudo em seu caminho. Cidades pequenas e rurais são frequentemente obliteradas, com os sobreviventes descrevendo cenas apocalípticas de destruição completa.

A Velocidade Implacável: A formação e destruição causada por um tornado ocorrem em questão de minutos, tornando quase impossível qualquer reação adequada. Sua imprevisibilidade é o que os torna tão aterrorizantes, uma tempestade rápida que pode surgir do nada e desaparecer antes que as sirenes de alerta sejam ouvidas.

Eventos Históricos: Quando o Vento se Torna Mortal

Os **furacões** e **tornados** que serão descritos ao longo dos últimos 100 anos destacam a enorme capacidade de destruição que esses fenômenos naturais possuem. À medida que avançamos para um futuro marcado pelas **mudanças climáticas**, a expectativa é de que tanto a frequência quanto a intensidade desses eventos aumentem, especialmente em áreas costeiras e regiões vulneráveis. Esse cenário impõe uma necessidade urgente de **preparação** e **resiliência**, tanto em nível local quanto global. As comunidades mais expostas precisam de investimentos em infraestrutura resistente, além de sistemas de alerta precoce eficazes, capazes de salvar vidas. A **educação pública** e as simulações de resposta a desastres são igualmente essenciais para reduzir as perdas humanas. Além disso, a **cooperação internacional** será crucial para compartilhar tecnologias, recursos e experiências, garantindo que os países mais vulneráveis não enfrentem esses desafios sozinhos. Em última análise, os **ventos da destruição** são uma lembrança contínua da força imprevisível da natureza e da importância de unir ciência, governança e ação comunitária para enfrentar esses desafios futuros.

1. Tornado de Tri-State - EUA, 18 de março de 1925

- **Causa**: Sistema climático severo, gerando um tornado de longa duração.
- **Origem**: O tornado percorreu os estados de Missouri, Illinois e Indiana.
- **Vítimas**: Cerca de 695 mortes.
- **Descrição**: O Tornado de Tri-State é um dos tornado mais devastador registrado na história dos EUA. Ele atravessou três estados

e percorreu cerca de 352 km, destruindo comunidades inteiras. A duração e a força desse tornado eram extremamente raras.

2. Furacão Okeechobee – EUA, 1928

- **Causa**: Ciclone tropical de categoria 5.
- **Origem**: Iniciou-se perto das Ilhas de Cabo Verde e atravessou o Caribe, atingindo a Flórida.
- **Vítimas**: Estimativas variam de 2.500 a 3.000 mortes.
- **Descrição**: O furacão Okeechobee é considerado um dos mais mortais na história dos EUA. Ele causou uma destruição massiva na Flórida e em Porto Rico. A maioria das mortes foi resultado de inundações repentinas causadas pelo rompimento de um dique ao redor do Lago Okeechobee.

3. Furacão de Cuba – 1932

- **Causa**: Furacão de categoria 5.
- **Origem**: Desenvolveu-se no Atlântico e atingiu Cuba.
- **Vítimas**: Cerca de 3.000 mortes.
- **Descrição**: Esse furacão é um dos mais fortes a atingir Cuba. Ele devastou grandes áreas do país, destruindo plantações e comunidades costeiras, com ventos acima de 250 km/h.

4. Tornado de Woodward – EUA, 9 de abril de 1947

- **Causa**: Formação de supercélulas que geraram um grande tornado.
- **Origem**: Woodward, Oklahoma.
- **Vítimas**: Cerca de 181 mortes.
- **Descrição**: Um dos piores tornados já registrados no estado de Oklahoma. O tornado devastou a cidade de Woodward e causou destruição significativa em várias áreas rurais. Os ventos fortes e a rápida formação tornaram a reação de evacuação difícil.

Furacões Recentes:

2023

Furacão Idalia:

O Furacão Idalia ocorreu em agosto de 2023 e atingiu a Flórida como uma tempestade de Categoria 3. Ele trouxe ventos extremamente fortes e inundações, causando destruição significativa. Idalia resultou em oito mortes diretas e gerou danos estimados em $3,6 bilhões.

Furacão Lee:

O Furacão Lee em 2023 destacou-se por sua rápida intensificação, sendo um dos eventos mais marcantes da temporada de furacões daquele ano. Ele trouxe grandes ondas e ventos extremamente fortes para as ilhas do Caribe, provocando grandes preocupações nas regiões costeiras e afetando o tráfego marítimo. A rápida intensificação de Lee foi um exemplo de como os furacões podem se tornar perigosos em um curto espaço de tempo, colocando as populações em risco com pouca margem para preparativos.

Esse tipo de intensificação, em que um furacão passa de uma tempestade moderada para uma de grande intensidade em questão de horas, tem sido observado com mais frequência nos últimos anos, e muitos especialistas atribuem essa tendência às mudanças climáticas, que aumentam as temperaturas dos oceanos e, consequentemente, a força das tempestades.

Furacão Daniel:

A Tempestade Daniel, que ocorreu em 2023, não foi um furacão típico do Atlântico, mas causou devastação significativa na Líbia, especialmente devido às inundações catastróficas. Essa tempestade atingiu a região do Mediterrâneo com intensidade devastadora, resultando na morte de milhares de pessoas.

Daniel provocou chuvas torrenciais que sobrecarregaram as barragens próximas às cidades de Derna e Benghazi, resultando no colapso dessas estruturas e em inundações massivas que devastaram comunidades inteiras. As enchentes levaram residências, prédios e infraestruturas, deixando um rastro de destruição.

Esse evento trágico ressaltou a vulnerabilidade das regiões costeiras do Mediterrâneo e como fenômenos climáticos, mesmo não sendo furacões típicos, podem causar destruição significativa. A catástrofe chamou a atenção para a necessidade urgente de melhorias nas infraestruturas de proteção contra inundações e sistemas de alerta em áreas de risco.

2024

O Furacão Beryl:

O Furacão Beryl foi o primeiro furacão da temporada atlântica de 2024, distinguindo-se pela sua formação precoce e intensidade. Inicialmente, Beryl desenvolveu-se como uma tempestade tropical no final de junho de 2024 e, devido às condições favoráveis do oceano, intensificou-se rapidamente, atingindo a categoria 5, a máxima na escala Saffir-Simpson, com ventos sustentados superiores a 252 km/h.

Trajetória e Impacto:

Caribe: No início de julho, Beryl atingiu a ilha de Carriacou, em Granada, como um furacão de categoria 4, causando danos significativos à infraestrutura, incluindo telhados arrancados e interrupções no fornecimento de eletricidade.

Texas, EUA: Após atravessar o Golfo do México, Beryl enfraqueceu para a categoria 1 antes de fazer landfall perto de Matagorda, Texas, em 8 de julho de 2024. Apesar do enfraquecimento, o furacão causou danos consideráveis, e resultou em 36 mortes.

Características Notáveis:

Intensificação Rápida: Beryl destacou-se pela sua rápida intensificação, passando de uma tempestade tropical para um furacão de categoria 5 em poucos dias. Especialistas associam essa rápida intensificação às altas temperaturas do oceano, que fornecem energia adicional para o desenvolvimento de tempestades.

Precedência: Foi o primeiro furacão de categoria 5 registrado no Atlântico tão cedo no ano, estabelecendo um novo recorde para a temporada de furacões.

O Furacão Helene:

O Furacão Helene foi um ciclone tropical devastador que impactou significativamente o sudeste dos Estados Unidos em setembro de 2024.

Formação e Trajetória: Helene formou-se no Atlântico e rapidamente intensificou-se, atingindo a costa da Flórida como uma tempestade de Categoria 4 em 26 de setembro de 2024.

Impactos:

Ventos e Inundações: Com ventos de até 225 km/h, Helene causou inundações significativas e danos estruturais em diversas regiões da Flórida.

Saúde Pública: Após a passagem do furacão, houve um aumento nos casos de infecção por Vibrio vulnificus, uma bactéria carnívora, devido às inundações,

Danos Econômicos: Helene está entre os furacões mais custosos da história, com danos estimados em mais de $50 bilhões.

Consequências: Além da destruição imediata, Helene deixou desafios de longo prazo para as comunidades afetadas, incluindo a necessidade de reconstrução e melhorias na infraestrutura para enfrentar futuros eventos climáticos.

O Furacão Milton:

O Furacão Milton foi um ciclone tropical significativo que impactou a Flórida no início de outubro de 2024.

Formação e Intensificação: Milton desenvolveu-se no Golfo do México e apresentou uma rápida intensificação, passando de uma tempestade tropical para um furacão de Categoria 5 em menos de 24 horas, com ventos sustentados de até 280 km/h. Essa intensificação expressiva foi atribuída às altas temperaturas da superfície do mar e às condições atmosféricas favoráveis.

Trajetória e Impacto: O furacão fez landfall na costa oeste da Flórida, próximo a Siesta Key, em 9 de outubro de 2024, como uma tempestade de Categoria 3, com ventos de aproximadamente 185 km/h.

Danos Materiais: Milton causou danos extensivos, incluindo a destruição de infraestrutura esportiva, como o estádio Tropicana Field em St. Petersburg, que teve seu telhado severamente danificado

Interrupções de Energia: Mais de 3 milhões de residências e empresas ficaram sem energia elétrica devido ao furacão.

Vítimas Fatais: O furacão resultou em pelo menos 17 mortes confirmadas.

Consequências e Recuperação: Após a passagem de Milton, equipes de resgate e recuperação foram mobilizadas para prestar assistência às comunidades afetadas. O evento destacou a importância de aprimorar as infraestruturas de resistência a desastres naturais e de revisar estratégias de preparação para futuros eventos climáticos extremos.

Aumento dos Fenômenos: O Papel das Mudanças Climáticas À medida que o clima global aquece, eventos climáticos extremos estão se tornando mais frequentes e mais intensos. Isso inclui furacões mais poderosos e tornados mais imprevisíveis.

O Efeito das Temperaturas Mais Altas

O aquecimento global está aumentando a temperatura dos oceanos, o que alimenta furacões mais intensos. Mares mais quentes resultam em tempestades mais fortes e duradouras, com mais umidade e maior potencial de destruição.

Supertempestades e Mega-tornados

No cenário apocalíptico, as mudanças climáticas contribuem para a formação de supertempestades. Esses fenômenos catastróficos poderiam gerar furacões de categorias nunca antes vistas, com ventos superiores a 350 km/h e tornados ainda mais destrutivos, potencialmente surgindo em áreas que historicamente não eram afetadas.

A Luta pela Sobrevivência: Comunidades em Colapso (continuação) Quando furacões e tornados atingem áreas densamente povoadas, as consequências vão muito além da destruição física de prédios e infraestrutura. Os impactos psicológicos, sociais e econômicos podem ser devastadores e duradouros, com muitas comunidades enfrentando anos ou até décadas para se recuperar completamente.

Infraestrutura Destruída e Serviços Essenciais

A destruição de redes elétricas, estradas e pontes torna a recuperação lenta e complicada. Em áreas atingidas por furacões e tornados de grande escala, a falta de eletricidade pode durar semanas, ou até meses, impedindo serviços essenciais de funcionar. Sem eletricidade, não há água potável, hospitais ficam sem energia, e o transporte de recursos torna-se impossível.

Hospitais e Postos Médicos Colapsados: Com hospitais danificados ou destruídos, o atendimento médico se torna caótico. Muitas vezes, clínicas de campanha são montadas em abrigos de emergência, mas a quantidade de feridos e a falta de suprimentos essenciais torna a assistência inadequada.

Escassez de Água e Alimentos: A interrupção dos sistemas de distribuição de alimentos e água coloca a sobrevivência em risco. Supermercados são destruídos ou esvaziados rapidamente, e as plantações nas áreas rurais são devastadas, levando à escassez de alimentos em áreas afetadas.

O Colapso Econômico e o Desemprego

As áreas atingidas por esses desastres enfrentam crises econö-micas profundas. Empresas são destruídas, e a falta de infraestruturas adequadas impede a reabertura de muitas indústrias. O desemprego dispara e, em alguns casos, as economias locais nunca se recuperam plenamente.

Setores Destruídos: O setor agrícola, especialmente em regiões rurais, é frequentemente o mais atingido por tornados, com colheitas e animais perdidos. Nas áreas urbanas, pequenos negócios, fábricas e lojas de varejo são destruídos, deixando os sobreviventes sem fonte de renda.

Recuperação Lenta: Para muitas cidades, a recuperação financeira após furacões e tornados pode levar anos, com investimentos maciços em infraestrutura e habitação necessários para reerguer as comunidades.

Refugiados Climáticos

A destruição causada por furacões e tornados pode forçar milhões de pessoas a deixarem suas casas, criando uma nova onda de refugiados climáticos. À medida que as mudanças climáticas tornam esses eventos mais frequentes e severos, o número de deslocados só tende a aumentar.

Deslocamento em Massa: Famílias inteiras abandonam cidades devastadas em busca de locais mais seguros, mas muitas vezes encontram abrigos superlotados e falta de assistência adequada. O deslocamento cria uma crise humanitária, com a necessidade urgente de ajuda internacional.

Abandono de Regiões Inteiras: Algumas regiões costeiras e áreas frequentemente atingidas por tornados podem eventualmente ser abandonadas, forçando milhões a migrarem para o interior, sobrecarregando os recursos de cidades já pressionadas por suas próprias demandas.

Cenários Apocalípticos: O Futuro dos Ventos da Destruição Com o agravamento das mudanças climáticas, furacões e tornados poderão evoluir para fenômenos ainda mais destrutivos. O aumento das temperaturas globais alimenta tempestades mais fortes, e a urbanização crescente expõe mais pessoas aos impactos devastadores desses eventos.

Superciclones e Megatornados

Furacões de Categoria 6: Embora a Escala Saffir-Simpson termine em categoria 5, meteorologistas e cientistas climáticos temem que, no futuro, poderemos ver a formação de furacões de categoria 6, com ventos superiores a 350 km/h. Esses superciclones teriam a capacidade de destruir cidades inteiras, não deixando quase nada de pé. Tornados Multivórtices: Com o aquecimento da atmosfera, tornados poderiam se tornar mais comuns e mais destrutivos. Tornados multivórtices, com múltiplos funis girando ao redor de um núcleo central, já são eventos raros, mas no futuro, esses megatornados podem se tornar mais frequentes, causando destruição em larga escala.

A Falta de Refúgio Seguro

À medida que eventos climáticos extremos se tornam mais comuns, a capacidade de as populações se protegerem diminuirá drasticamente. A infraestrutura atual, já precária em muitas regiões do mundo, não será suficiente para lidar com a nova realidade climática.

Cidades Vulneráveis: Metrópoles costeiras e áreas planas vulneráveis a tornados sofrerão com tempestades recorrentes, e sem uma estratégia global de adaptação, milhões de vidas estarão em risco.

Tecnologia e Abordagens Futuristas: Alguns cientistas estão explorando o uso de tecnologia avançada para mitigar os impactos, como o desenvolvimento de estruturas resistentes a ventos extremos ou a manipulação do clima. No entanto, tais soluções estão longe de serem aplicadas em escala global, e o tempo para implementá-las pode estar se esgotando.

Reflexão Final

Os furacões e tornados são forças implacáveis da natureza que, no contexto de um futuro apocalíptico, tornam-se ainda mais aterrorizantes. A humanidade enfrenta uma luta constante contra esses ventos de destruição, tentando sobreviver a cada tempestade e reconstruir o que foi perdido. Com as mudanças climáticas intensificando esses fenômenos, o futuro parece cada vez mais sombrio, e a sobrevivência dependerá da capacidade da humanidade de se adaptar a uma nova realidade, onde a destruição trazida pelos ventos se torna uma constante inevitável.

Capítulo 5
O Fogo Voraz – Incêndios Florestais e Secas

O fogo é uma força primitiva, um dos elementos mais antigos que moldaram a evolução da Terra. Embora vital para alguns processos ecológicos, quando fora de controle, o fogo se torna uma força devastadora. Nas últimas décadas, incêndios florestais e secas se intensificaram devido às mudanças climáticas, criando um cenário apocalíptico onde vastas áreas de terra são engolidas pelas chamas, e regiões inteiras sofrem com a falta de água. Neste capítulo, examinaremos como esses fenômenos têm devastado o planeta, trazendo consequências ambientais e sociais catastróficas.

A Criação de um Desastre: Como os Incêndios Florestais Começam

O Processo de Formação dos Incêndios

Os incêndios florestais são fenômenos naturais que, em muitos ecossistemas, desempenham um papel essencial na regeneração da vegetação. No entanto, quando exacerbados por fatores humanos e climáticos, eles podem se transformar em catástrofes incontroláveis. Os incêndios começam geralmente por:

Causas Naturais: Relâmpagos são a principal causa natural de incêndios florestais. Nas florestas secas ou em períodos de calor extremo, uma única faísca é suficiente para iniciar um incêndio que pode consumir quilômetros de terra.

Causas Humanas: Atividades humanas, como queimadas agrícolas descontroladas, acidentes com fogueiras, ou falhas elétricas, são responsáveis por cerca de 85% dos incêndios florestais. Com o aumento da população humana e o avanço das áreas urbanas em direção a áreas florestais, o risco de incêndios causados pelo homem aumenta exponencialmente.

As Condições Perfeitas: Como as Secas Alimentam os Incêndios A seca, caracterizada pela falta prolongada de chuvas, cria as condições ideais para que incêndios se propaguem. A vegetação seca age como combustível, permitindo que as chamas se espalhem rapidamente. Em um cenário apocalíptico, onde o aquecimento global está aumentando a frequência e intensidade das secas, os incêndios florestais tornam-se mais perigosos e incontroláveis.

Ventos Fortes e Clima Seco: Em muitas partes do mundo, ventos fortes, como os ventos de Santa Ana na Califórnia, espalham rapidamente as chamas, dificultando o controle dos incêndios. O calor e a baixa umidade do ar fazem com que a vegetação queime rapidamente, transformando florestas inteiras em cinzas.

Efeito das Mudanças Climáticas: Com o aquecimento global, as secas estão se tornando mais frequentes e severas. Isso está criando "combustíveis" cada vez mais secos nas florestas, tornando-as vulneráveis a incêndios devastadores. O aumento das temperaturas médias e as estações de seca prolongada também dificultam a recuperação da vegetação, perpetuando o ciclo de destruição.

Impacto Destrutivo: A Força Devastadora dos Incêndios Florestais

A Extensão da Destruição

Os incêndios florestais não são apenas um fenômeno local; seu impacto se estende por vastas áreas, com consequências ambientais e sociais de longo prazo. Quando grandes incêndios acontecem, o mundo inteiro sente as repercussões, seja pela perda de biodiversidade ou pelos efeitos no clima global.

Queimadas e Perda de Florestas: Em incêndios catastróficos, florestas inteiras podem ser destruídas em dias. Na Amazônia, um dos maiores biomas do mundo, incêndios muitas vezes são causados por desmatamento ilegal e práticas agrícolas insustentáveis. Em apenas alguns anos, milhões de hectares foram perdidos, o que acelera o processo de aquecimento global, já que as árvores são grandes armazenadoras de dióxido de carbono.

Destruição da Fauna e Flora: Incêndios em larga escala podem devastar ecossistemas inteiros. Animais que não conseguem escapar das chamas morrem, e os que sobrevivem muitas vezes enfrentam a falta de alimentos e habitats. Espécies endêmicas, já ameaçadas, correm o risco de extinção, afetando todo o equilíbrio ecológico.

Danos Econômicos e Sociais

Além do impacto ambiental, os incêndios florestais causam prejuízos econômicos e sociais devastadores, destruindo propriedades, infraestrutura e meios de subsistência.

Destruição de Propriedades: Comunidades rurais e áreas urbanas próximas a florestas são frequentemente consumidas pelas chamas. Casas, comércios e fábricas são destruídos, forçando milhares de pessoas a se tornarem desabrigadas e fugirem em busca de refúgio. Os custos de reconstrução são astronômicos, e muitas vezes, as comunidades nunca se recuperam completamente.

Impacto na Saúde: O fogo gera enormes quantidades de fumaça, que contém partículas nocivas que podem se espalhar por milhares de quilômetros. A inalação de fumaça provoca problemas respiratórios graves, aumentando os casos de asma, doenças pulmonares e até mesmo mortes em áreas distantes dos incêndios. Durante os incêndios florestais na Austrália em 2019, por exemplo, a poluição do ar foi detectada a milhares de quilômetros de distância, afetando a saúde de milhões de pessoas.

Grandes Incêndios da História: Lições do Passado

Incêndio de 2020 na Austrália (Black Summer)

O verão negro da Austrália, em 2019-2020, foi um dos incêndios mais devastadores da história moderna. As chamas consumiram mais de 18 milhões de hectares, destruindo cerca de 3.000 casas e causando a morte de mais de um bilhão de animais. Além disso, quase 30 pessoas perderam a vida diretamente devido ao fogo, e milhares sofreram com problemas respiratórios por causa da densa fumaça que cobriu cidades inteiras, incluindo Sydney.

Causas e Agravantes: A seca prolongada e as altas temperaturas, agravadas pelas mudanças climáticas, criaram as condições ideais para que os incêndios saíssem do controle. Além disso, a resposta tardia e a falta de preparação por parte das autoridades contribuíram para o desastre.

Incêndios na Amazônia

A Amazônia, frequentemente chamada de "pulmão do mundo", tem enfrentado incêndios florestais em escala alarmante nos últimos anos. A maioria desses incêndios é causada pelo desmatamento ilegal, onde terras são queimadas para abrir espaço para pastagens ou agricultura. Em 2019, o mundo inteiro assistiu horrorizado enquanto vastas áreas da Amazônia queimavam, levantando debates globais sobre a necessidade de proteger esse bioma vital para o equilíbrio climático da Terra.

Consequências Globais: A destruição da Amazônia não só contribui para o aumento das emissões de CO_2, mas também prejudica o ciclo global de água, afetando padrões de chuva em todo o continente sul-americano e até em outras regiões do mundo.

Incêndios na Califórnia

Os incêndios florestais na Califórnia têm se tornado uma ocorrência quase anual, com o aumento das temperaturas e das secas prolongadas criando condições cada vez mais perigosas. Em 2018, o incêndio de Camp Fire foi o mais mortal e destrutivo da história do estado, destruindo mais de 18.000 estruturas e matando 85 pessoas. As causas variaram desde falhas no sistema elétrico até eventos climáticos extremos, e a reconstrução da área devastada ainda está em andamento.

A Crise da Água: Secas e Seus Efeitos

O Ciclo das Secas

Secas são fenômenos climáticos que ocorrem quando há uma falta prolongada de precipitação em uma região. Embora as secas tenham ocorrido naturalmente por milhões de anos, as mudanças climáticas têm exacerbado sua severidade e frequência. A redução de chuvas em áreas já vulneráveis, como a África Subsaariana e o sudoeste dos Estados Unidos, está colocando milhões de vidas em risco.

Impacto Agrícola: Sem água, as safras morrem, levando à fome e ao aumento dos preços dos alimentos. Muitas regiões dependem das chuvas para a agricultura de subsistência, e as secas frequentes podem destruir colheitas inteiras, deixando comunidades inteiras sem alimentos.

Escassez de Água Potável: Em áreas urbanas e rurais, a escassez de água potável é uma crise iminente. Lagos, rios e reservatórios secam, forçando milhões de pessoas a buscarem alternativas muitas vezes insalubres, aumentando o risco de doenças transmitidas pela água.

Exemplos Históricos de Secas Devastadoras

A Grande Seca Americana (Dust Bowl): Durante a década de 1930, os Estados Unidos enfrentaram uma das piores secas de sua história, agravada por práticas agrícolas insustentáveis. A região das Grandes Planícies, que abrange estados como Oklahoma, Texas e Kansas, foi transformada em um deserto, com tempestades de poeira que varreram comunidades inteiras. Milhares de famílias foram forçadas a migrar, deixando suas fazendas e propriedades para trás. Esse evento mostrou como a má gestão do solo, combinada com a falta de chuva, pode criar uma catástrofe ecológica e social em larga escala.

A Seca no Chifre da África: Nas últimas décadas, a África Subsaariana tem enfrentado secas severas, especialmente no Chifre da África, onde países como Somália, Etiópia e Quênia lutam contra a falta de água crônica. A fome, resultante da perda de colheitas e da morte de animais, tem causado crises humanitárias recorrentes, levando à migração em massa e ao aumento da mortalidade infantil. O impacto das mudanças climáticas, somado à pobreza extrema e à falta de infraestrutura, torna essas áreas extremamente vulneráveis.

A Crise da Água na Califórnia: A Califórnia, uma das regiões mais produtivas em termos agrícolas do mundo, enfrenta secas constantes. Nos últimos anos, a falta de água tem forçado os agricultores a abandonarem plantações e a população urbana a racionar o uso de água. A seca prolongada levou a uma queda dramática no nível dos reservatórios e no abastecimento de água, com impactos diretos na economia e na qualidade de vida.

O Fogo e a Seca: Um Ciclo de Destruição

A Conexão entre Incêndios e Secas

Incêndios florestais e secas estão intrinsecamente conectados. Quando uma região enfrenta um período prolongado de seca, a vegetação seca se torna extremamente inflamável, criando o combustível perfeito para incêndios florestais devastadores. Este ciclo de destruição é alimentado por eventos climáticos extremos, que criam as condições perfeitas para que o fogo se alastre.

Efeitos Colaterais: Incêndios florestais, além de destruir ecossistemas e comunidades humanas, também exacerbam as secas, pois destroem florestas e vegetação que desempenham um papel fundamental no ciclo da água. Sem árvores para reter a umidade e ajudar na formação de chuvas, as áreas queimadas podem enfrentar secas ainda mais severas nos anos subsequentes.

Desertificação: Áreas repetidamente atingidas por incêndios e secas correm o risco de desertificação, um processo no qual o solo perde sua capacidade de sustentar vida. A desertificação é uma ameaça crescente em várias partes do mundo, especialmente na África e no Oriente Médio, onde a combinação de incêndios, secas e práticas agrícolas insustentáveis está transformando regiões férteis em desertos.

Exemplos Recentes de Desastres Interligados

Incêndios na Austrália e Secas Severas: A Austrália tem sofrido uma combinação de secas prolongadas e incêndios florestais devastadores, como observado no verão negro de 2019-2020. A seca extrema secou vastas áreas de florestas e pastagens, criando as condições perfeitas para os incêndios se espalharem rapidamente. Além disso, a destruição da vegetação nativa agravou a falta de água, já que as florestas desempenham um papel crucial na retenção da umidade e na regulação do clima local.

Incêndios e Secas na Califórnia: A Califórnia está em uma luta constante contra incêndios florestais devastadores, que são frequentemente precedidos ou exacerbados por secas severas. No incêndio de Camp Fire, em 2018, as secas prolongadas secaram a vegetação, criando as condições perfeitas para a propagação das chamas. A seca continuou após o incêndio, dificultando os esforços de recuperação e exacerbando a crise de água no estado.

Sobrevivendo ao Fogo e à Seca: Estratégias de Mitigação

Prevenção de Incêndios

Para evitar que os incêndios florestais alcancem proporções apocalípticas, é necessário adotar medidas de prevenção robustas, tanto em áreas rurais quanto urbanas. Entre as estratégias mais eficazes estão:

Queimadas Controladas: Em muitos ecossistemas, as queimadas controladas são essenciais para prevenir o acúmulo de material inflamável. Essas queimadas, realizadas sob condições supervisionadas, podem reduzir a severidade dos incêndios florestais, removendo o excesso de vegetação morta.

Zonas de Segurança: A criação de zonas de segurança em torno de áreas residenciais e urbanas pode evitar que os incêndios se espalhem para áreas densamente povoadas. Essas zonas são áreas livres de vegetação inflamável e funcionam como barreiras naturais.

Combate às Secas

O combate às secas envolve tanto a conservação da água quanto a adaptação das comunidades às mudanças climáticas. As soluções incluem:

Irrigação Inteligente: No setor agrícola, o uso de tecnologias de irrigação mais eficientes pode reduzir significativamente o consumo de água. Sistemas de irrigação por gotejamento, por exemplo, minimizam o desperdício de água, permitindo que as plantações sobrevivam mesmo em períodos de seca prolongada.

Desalinização e Reuso de Água: Em regiões costeiras, a desalinização (remoção de sal da água do mar) é uma solução cada vez mais adotada para enfrentar a escassez de água. Além disso, o reuso de água, em que a água usada é tratada e reutilizada para fins agrícolas ou industriais, pode ajudar a aliviar a pressão sobre os reservatórios naturais.

Adaptação a um Clima em Mudança

À medida que as mudanças climáticas continuam a intensificar os incêndios florestais e as secas, a adaptação se torna essencial para a sobrevivência humana. As estratégias de adaptação incluem:

Educação e Preparação Comunitária: Ensinar as comunidades a se prepararem para incêndios florestais e secas é crucial. Treinamentos em evacuação de emergência, instalação de sistemas de alerta precoce e desenvolvimento de planos de contingência podem salvar vidas e reduzir os danos.

Proteção e Recuperação de Ecossistemas: Restaurar áreas desmatadas e proteger florestas remanescentes é fundamental para combater os incêndios e as secas. A recuperação de ecossistemas pode ajudar a aumentar a resiliência ao clima, promovendo a retenção de água e a biodiversidade.

Um Futuro em Chamas?

Com o agravamento das mudanças climáticas, incêndios florestais e secas continuarão a ser uma das maiores ameaças para a sobrevivência humana. O fogo, uma vez uma ferramenta da natureza para renovação, agora representa o prenúncio de um futuro apocalíptico, onde a devastação pode se tornar a nova norma. A capacidade da humanidade de enfrentar e mitigar esses desastres determinará se haverá um futuro de adaptação e resiliência ou um colapso final.

Reflexão Final

À medida que avançamos em um mundo cada vez mais marcado por desastres naturais, o fogo voraz e as secas se destacam como símbolos de uma crise climática em escalada. Os incêndios florestais, alimentados por secas prolongadas e condições climáticas extremas, não apenas devastam ecossistemas, mas também ameaçam a sobrevivência das comunidades humanas. O ciclo vicioso que emerge da combinação desses fenômenos — onde o fogo destrói a vegetação que poderia ajudar a reter a umidade e as secas prolongadas criam o combustível ideal para novas chamas — pinta um quadro sombrio do que pode ser nosso futuro se não tomarmos medidas decisivas.

Neste contexto apocalíptico, a humanidade enfrenta um desafio sem precedentes: adaptar-se a um novo paradigma climático que exige resiliência e inovação. O que era antes visto como um fenômeno natural agora se transforma em um alerta sobre a necessidade urgente de reformular nossas práticas e comportamentos em relação ao meio ambiente. A educação, a conscientização e a implementação de políticas eficazes são essenciais para enfrentar essas ameaças.

O conhecimento das lições do passado — como os desastres que marcaram a história da Austrália, da Amazônia e da Califórnia — deve nos inspirar a agir. Proteger nossos ecossistemas, investir em tecnologias de combate ao fogo e promover a conservação da água são passos cruciais para mitigar os impactos de incêndios e secas. As comunidades precisam estar preparadas, não apenas para sobreviver aos desastres, mas também para se reerguer e prosperar após eles.

O fogo, em sua essência, representa tanto destruição quanto renovação. Agora, mais do que nunca, é nosso dever garantir que, após as cinzas, a Terra tenha a chance de se regenerar e que a humanidade encontre um caminho sustentável para a convivência com a natureza. O futuro está em nossas mãos — que não sejamos lembrados como os guardiões que deixaram que o fogo consumisse não apenas nossas florestas, mas também a própria vida em nosso planeta.

Capítulo 6
Tempestades de Caos

Raios e Fenômenos Atmosféricos

A atmosfera da Terra é um sistema complexo, onde diversas forças se entrelaçam para criar um equilíbrio delicado. No entanto, esse equilíbrio pode ser facilmente perturbado, resultando em tempestades devastadoras e fenômenos atmosféricos que podem alterar vidas e paisagens em um instante. Raios, tornados, tempestades tropicais e outros eventos climáticos extremos não são apenas impressionantes em sua força, mas também revelam a vulnerabilidade da humanidade diante da natureza. Este capítulo explorará a força destrutiva das tempestades e a história das calamidades que elas provocaram.

A Ciência das Tempestades

Formação das Tempestades

As tempestades se formam a partir de uma combinação de fatores atmosféricos, incluindo umidade, instabilidade e força ascendente. A interação entre massas de ar quente e frio é um dos principais motores por trás das tempestades. Quando o ar quente sobe, ele resfria, e a umidade se condensa em nuvens. Este processo pode resultar em diferentes tipos de tempestades, desde chuvas leves até tempestades violentas.

Células de Tempestade: Existem diferentes tipos de células de tempestade, incluindo tempestades de ar quente e tempestades de ar frio. As tempestades convectivas, que se desenvolvem em condições de instabilidade, são as mais comuns e podem gerar raios, ventos fortes e até tornados.

Raios: A Eletricidade da Natureza

Os raios são uma das manifestações mais dramáticas das tempestades. Eles ocorrem devido ao acúmulo de carga elétrica nas nuvens, resultante de colisões entre partículas de água e gelo. Quando a diferença de potencial elétrico se torna grande o suficiente, ocorre uma descarga elétrica — o que vemos como um raio.

Impacto dos Raios: Os raios podem causar incêndios florestais, danos à infraestrutura, e até mesmo mortes. Estima-se que, a cada ano, cerca de 2.000 pessoas em todo o mundo morrem devido a raios, e muitos mais ficam feridos.

O Poder Devastador dos Fenômenos Atmosféricos

Tornados

Os tornados são uma das tempestades mais violentas e devastadoras, com ventos que podem ultrapassar os 300 km/h. Eles se formam em tempestades severas, quando há um forte cisalhamento do vento e a presença de ar quente e úmido próximo ao solo. Os tornados podem causar destruição em uma área estreita, mas intensa, deixando um rastro de devastação.

Exemplos Históricos:

O Tornado de Joplin (2011): Este tornado, que atingiu Joplin, Missouri, matou 158 pessoas e causou danos de mais de 2 bilhões de dólares, tornando-se um dos tornados mais mortais da história dos Estados Unidos.

O Tornado de Tri-State (1925): Este tornado atravessou partes de Missouri, Illinois e Indiana, causando 695 mortes e se tornando o tornado mais mortal da história dos EUA.

Tempestades Tropicais e Furacões

As tempestades tropicais, que podem se intensificar em furacões, são uma das forças mais destrutivas da natureza. Elas se formam sobre águas quentes e podem causar inundações, deslizamentos de terra e danos massivos em áreas costeiras.

Impacto e Desastres:

Furacão Katrina (2005): Um dos furacões mais devastadores da história dos EUA, causou a morte de mais de 1.800 pessoas e deixou milhões de desabrigados. Os danos foram estimados em cerca de 125 bilhões de dólares, e a cidade de Nova Orleans ficou em ruínas, com a falência de seu sistema de diques. Furacão Maria (2017): O furacão Maria devastou Porto Rico, causando uma crise humanitária com a morte de quase 3.000 pessoas. A falta de infraestrutura e resposta rápida exacerbou os impactos do furacão.

Tempestades de Granizo e Chuvas Torrenciais

Granizo

As tempestades de granizo são fenômenos atmosféricos que podem causar danos significativos à agricultura, veículos e infraestrutura. O granizo se forma em nuvens cumulonimbus, onde as correntes de ar ascendente levam gotículas de água para as partes superiores da nuvem, onde congelam.

Exemplo Notável:

Tempestade de Granizo em Denver (1986): Esta tempestade produziu pedras de granizo do tamanho de bolas de golfe, causando mais de 1 bilhão de dólares em danos e resultando em ferimentos em milhares de pessoas.

Chuvas Torrenciais e Inundações

Chuvas torrenciais podem ocorrer rapidamente, resultando em inundações súbitas. Essas inundações são responsáveis por muitas mortes e destruição, especialmente em áreas urbanas onde a drenagem é insuficiente.

Exemplo de Inundação:

Inundações em Nova York (2011): Após a passagem do furacão Irene, a cidade de Nova York enfrentou inundações severas que resultaram em evacuações em massa e danos significativos à infraestrutura.

O Impacto das Mudanças Climáticas nas Tempestades

As mudanças climáticas têm um papel crescente na intensidade e frequência dos fenômenos atmosféricos. O aumento das temperaturas globais está associado a uma maior evaporação da água, resultando em mais umidade na atmosfera. Isso pode levar a tempestades mais intensas e prolongadas.

Estudos Recentes: Pesquisas sugerem que as tempestades estão se tornando mais extremas, com chuvas mais intensas e ventos mais fortes. Os eventos climáticos extremos estão se tornando mais comuns, aumentando a vulnerabilidade das comunidades ao redor do mundo.

Preparação e Mitigação

Sistemas de Alerta e Preparação

A implementação de sistemas de alerta precoce é crucial para minimizar os impactos das tempestades. Esses sistemas podem salvar vidas, fornecendo informações críticas antes que os desastres aconteçam.

Tecnologia e Comunicação: O uso de tecnologias modernas, como aplicativos de celular e redes sociais, pode melhorar a comunicação e a resposta durante eventos climáticos extremos.

Planos de Emergência

Desenvolver planos de emergência para comunidades em áreas propensas a tempestades é vital. Isso inclui treinamento em evacuação, fornecimento de abrigos seguros e criação de rotas de fuga.

Raios: As Armadilhas Elétricas da Natureza

Formação dos Raios

Os raios são um dos fenômenos atmosféricos mais fascinantes e perigosos. Eles se formam em nuvens cumulonimbus, onde o movimento de partículas de água e gelo gera uma separação de cargas elétricas. Essa separação cria um potencial elétrico que pode alcançar milhões de volts. Quando a diferença de potencial se torna grande o suficiente, ocorre uma descarga elétrica, resultando em um raio.

Tipos de Raios:

Raios de Nuvem para Terra: A forma mais conhecida de raio, que ocorre quando a carga negativa da nuvem é descarregada na terra. Raios de Nuvem para Nuvem: Raios que ocorrem entre nuvens, criando belas demonstrações de eletricidade no céu. Raios de Terra para Nuvem: Embora menos comuns, esses raios ocorrem quando uma descarga elétrica ocorre da superfície da Terra para uma nuvem.

Efeitos dos Raios

Os raios podem causar uma série de problemas, desde incêndios florestais até danos a edifícios e perda de vidas. A maioria das mortes relacionadas a raios ocorre em áreas rurais e durante atividades ao ar livre.

Incêndios Florestais: Estima-se que cerca de 30% dos incêndios florestais sejam causados por raios. Esses incêndios podem se espalhar rapidamente, devastando ecossistemas e ameaçando comunidades.

Danos à Infraestrutura: Raios podem danificar sistemas elétricos e causar apagões. As empresas e instalações críticas, como hospitais e centros de dados, precisam de sistemas de proteção contra raios para minimizar os danos.

Fenômenos Atmosféricos Extremos: Ciclones e Tempestades de Areia

Ciclones

Os ciclones são sistemas de baixa pressão que se formam sobre águas quentes e podem se intensificar em tempestades severas. Eles são classificados em diferentes categorias, dependendo de sua intensidade.

Ciclones Tropicais: Formados em regiões tropicais, esses ciclones podem causar inundações e ventos destrutivos. Eles são nomeados de acordo com a região em que se formam, como furacões (Atlântico) e tufões (Pacífico).

Ciclones Extratropicais: Esses ciclones se formam em latitudes mais altas e podem causar tempestades de inverno severas, com ventos fortes e neve.

Tempestades de Areia e Poeira

As tempestades de areia são fenômenos que ocorrem em regiões áridas e semiáridas, onde ventos fortes levantam partículas de areia e poeira. Essas tempestades podem ter impactos significativos na saúde humana, agricultura e infraestrutura.

Efeitos das Tempestades de Areia: Além da visibilidade reduzida, as tempestades de areia podem causar problemas respiratórios, prejudicar colheitas e danificar equipamentos. Em algumas regiões, como o Oriente Médio e o norte da África, essas tempestades são comuns e podem ocorrer várias vezes por ano.

Eventos Históricos de Tempestades Notáveis

Tempestade de São Pedro (1987)

Esta tempestade severa atingiu o Reino Unido e resultou em ventos de até 160 km/h. A tempestade causou a morte de 23 pessoas e destruiu milhares de casas, além de derrubar árvores e danificar a infraestrutura.

Tempestade do Século (1993)

Uma das tempestades mais severas na costa leste dos Estados Unidos, a Tempestade do Século trouxe neve, vento e inundações. A tempestade resultou em mais de 300 mortes e causou danos significativos, com a interrupção do transporte e do abastecimento de energia em várias regiões.

O Impacto das Tempestades nas Comunidades

Deslocamento e Crises Humanitárias

As tempestades não afetam apenas o meio ambiente, mas também têm consequências sociais e econômicas significativas. Após eventos extremos, comunidades frequentemente enfrentam deslocamento, perda de propriedades e dificuldades econômicas.

Exemplo: Após o furacão Katrina, muitas comunidades em Nova Orleans enfrentaram um longo processo de recuperação, com muitos residentes ainda lutando para voltar a suas casas anos após a tempestade.

Preparação Comunitária e Resiliência

A resiliência das comunidades frente a tempestades extremas é fundamental para minimizar os impactos. A preparação, incluindo a construção de infraestruturas resilientes e a educação da população sobre como agir durante tempestades, pode salvar vidas.

Programas de Treinamento: Muitas cidades estão implementando programas de treinamento para capacitar os residentes a responder a emergências, desde a criação de planos de evacuação até o fornecimento de abrigos seguros.

A Ciência em Prol da Prevenção

Meteorologia e Modelagem Climática

Os avanços na ciência meteorológica e na modelagem climática são cruciais para prever tempestades e mitigar seus impactos. Tecnologias modernas, como satélites e radar, permitem que meteorologistas monitorem e analisem sistemas climáticos em tempo real.

Previsão de Tempestades: As previsões meteorológicas de curto prazo e os sistemas de alerta precoce são vitais para preparar as comunidades para tempestades iminentes.

Pesquisa e Inovação

A pesquisa contínua em climatologia e meteorologia é essencial para entender como as mudanças climáticas afetam os padrões de tempestade. A inovação em tecnologias de previsão e comunicação é fundamental para melhorar a resposta a desastres.

A inovação em tecnologias de previsão é outra peça fundamental para enfrentar esses desafios. O desenvolvimento de sistemas de alerta precoce mais avançados, usando satélites e sensores de alta precisão, permite que meteorologistas identifiquem tempestades em formação com maior antecedência, melhorando as previsões e reduzindo o impacto sobre populações vulneráveis. Ao mesmo tempo, tecnologias de comunicação mais eficientes, como redes de comunicação em tempo real e aplicativos móveis, ajudam a disseminar essas informações rapidamente para governos, serviços de emergência e o público, garantindo que as comunidades sejam informadas e preparadas para lidar com eventos extremos. Essas inovações podem salvar vidas, minimizando os danos causados por tempestades severas e outros desastres climáticos.

Reflexão Final

As tempestades e fenômenos atmosféricos representam a força indomável da natureza, com o poder de transformar paisagens e vidas em um instante. À medida que os eventos climáticos extremos se tornam mais frequentes e intensos devido às mudanças climáticas, a necessidade de adaptação e resiliência se torna ainda mais evidente. A história está repleta de lições sobre o impacto devastador das tempestades, e é crucial que a humanidade aprenda com essas experiências para se preparar para um futuro incerto.

Com a conscientização e a preparação adequadas, podemos mitigar os impactos das tempestades e trabalhar para garantir que, apesar do caos, a vida possa prosperar em harmonia com a natureza.

Capítulo 7
O Cenário Pós-Apocalíptico
Sobrevivência e Reconstrução

Quando o último eco do desastre se dissipa, um silêncio pesado toma conta do ambiente. O mundo que conhecíamos se transforma em um terreno desolado, repleto de destroços e sombras do que um dia foi. A devastação causada por desastres naturais não se limita à destruição imediata; ela se estende a um novo paradigma de sobrevivência e reconstrução, onde os indivíduos e comunidades devem adaptar-se a uma nova realidade. Este capítulo explorará o que acontece após um apocalipse, as estratégias de sobrevivência e os desafios da reconstrução em um mundo que mudou para sempre.

O Impacto Imediato do Desastre

A Destruição do Habitat

O primeiro impacto de qualquer desastre natural em larga escala é a destruição do habitat. Comunidades inteiras podem ser deslocadas, e a infraestrutura necessária para a vida cotidiana é obliterada. A perda de moradias, serviços públicos e instalações essenciais torna a sobrevivência um desafio imediato.

Casos Históricos:

Furacão Katrina (2005): A devastação em Nova Orleans deixou milhares de pessoas sem abrigo, e a cidade enfrentou uma crise humanitária, com a infraestrutura em ruínas.

Terremoto do Haiti (2010): Após o terremoto, mais de 1,5 milhão de pessoas ficaram desabrigadas, e a cidade de Porto Príncipe se tornou um cenário de caos e desespero.

A Crise Humanitária

Após um desastre, a luta pela sobrevivência começa. A escassez de alimentos, água potável e medicamentos pode rapidamente se transformar em uma crise humanitária.

Desafios de Fornecimento: A interrupção das cadeias de suprimento torna difícil para as comunidades obterem os recursos essenciais. A ajuda humanitária é frequentemente necessária, mas pode demorar a chegar, resultando em um aumento nas tensões sociais.

Estratégias de Sobrevivência

A Importância da Comunidade

A sobrevivência em um cenário pós-apocalíptico depende da solidariedade e da colaboração entre os membros da comunidade. Laços sociais se tornam essenciais para compartilhar recursos e conhecimentos.

Grupos de Sobrevivência: Em muitos casos, grupos se formam para ajudar a organizar a distribuição de recursos, proteger os vulneráveis e enfrentar os desafios em conjunto.

Recursos Naturais e Sustentabilidade

Em um mundo devastado, o acesso a recursos naturais torna-se crucial. A capacidade de cultivar alimentos, encontrar água potável e usar recursos locais pode ser a diferença entre a vida e a morte.

Agricultura Sustentável: A agricultura de subsistência e técnicas de cultivo em pequenos espaços se tornam vitais. A recuperação de terras degradadas e o cultivo de variedades resistentes podem ajudar as comunidades a se reerguerem.

Tecnologias de Sobrevivência

A tecnologia pode ser uma aliada poderosa na sobrevivência. Ferramentas e métodos que permitam a captação de água da chuva, a purificação de água e a geração de energia renovável são essenciais em um cenário pós-apocalíptico.

Exemplos de Inovação: O uso de painéis solares, turbinas eólicas e sistemas de aquaponia pode fornecer soluções sustentáveis para as necessidades básicas.

Reconstrução e Restauração

Planejamento para o Futuro

A reconstrução não deve ser apenas um retorno ao estado anterior; deve ser uma oportunidade para criar comunidades mais resilientes e sustentáveis. O planejamento urbano e a infraestrutura devem levar em conta as lições aprendidas com os desastres.

Cidades Resilientes: A criação de cidades que possam resistir a desastres, com infraestrutura adequada e sistemas de alerta precoce, é fundamental para evitar futuros colapsos.

O Papel da Comunidade na Reconstrução

A participação da comunidade na reconstrução é essencial. Envolver os residentes no planejamento e na execução dos esforços de reconstrução ajuda a garantir que as soluções atendam às necessidades locais.

Exemplo de Sucesso: Após o terremoto de Tóquio em 1923, a cidade foi reestruturada com a participação da comunidade, resultando em um desenvolvimento urbano que considerou a segurança contra futuros desastres.

Desafios Psicológicos e Sociais

O Trauma do Desastre

Os sobreviventes de desastres naturais frequentemente enfrentam traumas psicológicos. O luto pela perda de entes queridos, lares e comunidades pode levar a transtornos mentais, como depressão e PTSD (transtorno de estresse pós-traumático).

Importância do Apoio Psicológico: Programas de apoio psicológico são cruciais para ajudar os sobreviventes a lidar com suas experiências e a encontrar um caminho para a recuperação emocional.

Tensão Social e Conflitos

A escassez de recursos pode levar a tensões sociais e conflitos dentro das comunidades. A competição por água, comida e abrigo pode criar divisões e aumentar a insegurança.

Soluções para a Conflitualidade: O diálogo e a mediação são essenciais para resolver conflitos e promover a coesão social. Promover a igualdade e a justiça social também é fundamental para evitar tensões.

O Papel da Educação na Reconstrução

A educação desempenha um papel vital na reconstrução de comunidades após desastres. A conscientização sobre como se preparar e responder a desastres pode salvar vidas no futuro.

Programas Educacionais: Iniciativas que ensinam práticas de resiliência e preparação para desastres devem ser integradas nas escolas e comunidades.

A Evolução da Sociedade em Tempos de Crise

A Nova Ordem Social

Após um apocalipse, a estrutura social pode sofrer mudanças drásticas. Novas hierarquias podem emergir com base na experiência, habilidades e recursos disponíveis. Grupos comunitários podem se tornar mais importantes do que governos em certos contextos.

Cenários de Liderança: A liderança pode surgir de formas inesperadas, com figuras que anteriormente eram vistas como comuns assumindo papéis cruciais na organização e proteção da comunidade.

O Papel da Cultura e da Tradição

A cultura e a tradição se tornam fundamentais para manter a identidade da comunidade. Histórias e práticas antigas podem ajudar a fortalecer os laços sociais e oferecer esperança em tempos difíceis.

Rituais de Supervivência: O reestabelecimento de tradições, como festivais e rituais, pode ser uma maneira poderosa de unir a comunidade e preservar a esperança.

Ecossistemas e Sustentabilidade

O Impacto do Apocalipse nos Ecossistemas

Desastres naturais podem ter efeitos devastadores sobre os ecossistemas. A recuperação de habitats e a reabilitação de espécies tornam-se prioridades, não apenas para o meio ambiente, mas também para a sobrevivência humana.

Exemplos de Reabilitação: Após incêndios florestais, iniciativas de reflorestamento e a proteção de habitats naturais podem ajudar a restaurar o equilíbrio ecológico.

Permacultura e Agricultura Regenerativa

A permacultura é uma abordagem de design que visa criar sistemas agrícolas sustentáveis e auto-suficientes. Essa prática pode ser uma solução crucial em um mundo pós-apocalíptico, onde a resiliência alimentar é fundamental.

Princípios da Permacultura:

Diversidade de Culturas: O cultivo de uma variedade de plantas para garantir a segurança alimentar e reduzir a dependência de uma única colheita.

Integração de Animais: Usar animais para ajudar na fertilização do solo e no controle de pragas de forma natural.

O Desafio da Mobilidade

Transporte em um Mundo Devastado

Com a infraestrutura de transporte danificada, o deslocamento torna-se um desafio crítico. Caminhos, pontes e estradas podem estar em ruínas, dificultando o acesso a recursos e abrigo.

Alternativas de Transporte: O uso de bicicletas, veículos off-road e até mesmo a locomoção a pé pode se tornar comum, dependendo das condições das rotas.

A Necessidade de Conexões

A reconstrução de rotas e a criação de conexões entre comunidades são essenciais para a troca de recursos e o apoio mútuo.

Redes de Apoio: A formação de redes de apoio entre comunidades pode ajudar na coordenação de esforços de resiliência e reconstrução.

Educação e Formação em Sobrevivência

Sistemas de Ensino Adaptados

A educação em um cenário pós-apocalíptico deve focar em habilidades práticas e conhecimentos sobre sobrevivência. Aulas sobre cultivo, primeiros socorros e técnicas de resiliência devem ser priorizadas.

Educação Experiencial: Aprender fazendo, através de oficinas e treinamentos práticos, pode ser mais eficaz do que métodos tradicionais.

O Papel dos Líderes Comunitários

Líderes e educadores podem desempenhar um papel crucial em transmitir conhecimentos essenciais e garantir que as novas gerações estejam preparadas para os desafios que virão.

Mentoria: A orientação de membros mais experientes da comunidade pode ajudar na transferência de conhecimentos e habilidades.

O Papel da Tecnologia

Inovação Tecnológica em Tempos de Crise

A tecnologia pode ser uma aliada poderosa na reconstrução. Inovações em energias renováveis, purificação de água e agricultura podem transformar a sobrevivência em um novo contexto.

Exemplos de Tecnologia:

Sistemas de Irrigação Inteligentes: Tecnologias que utilizam sensores para otimizar o uso da água na agricultura.

Drones para Entregas: O uso de drones para entregar suprimentos essenciais em áreas de difícil acesso.

Reutilização e Reciclagem

Em um cenário de escassez de recursos, a reutilização e a reciclagem se tornam fundamentais. Criar novos produtos a partir de materiais reciclados pode ser uma estratégia de sobrevivência.

Economia Circular: A adoção de práticas de economia circular pode ajudar a minimizar desperdícios e promover um uso mais sustentável dos recursos.

Saúde e Bem-Estar na Recuperação

A Crise da Saúde Pública

Após um desastre, os sistemas de saúde podem estar sobrecarregados ou até mesmo em colapso. A falta de acesso a cuidados médicos pode levar a epidemias e aumentar a mortalidade.

Estratégias de Saúde Comunitária: Iniciativas de saúde comunitária, como clínicas móveis e grupos de apoio, podem ajudar a atender às necessidades imediatas.

Saúde Mental e Recuperação

A saúde mental é um aspecto crucial da recuperação. O apoio psicológico e os grupos de apoio podem ajudar os sobreviventes a lidar com o trauma e a dor.

Programas de Conscientização: A promoção da saúde mental e programas de conscientização podem ajudar a desestigmatizar o tratamento de problemas emocionais.

Exemplos de Reconstrução ao Redor do Mundo

A Reconstrução de Fukushima

Após o desastre de Fukushima em 2011, a cidade passou por um processo complexo de recuperação. A comunidade se uniu para reconstruir, enfatizando a segurança e a preparação para futuros desastres.

Lições Aprendidas: O foco em energias renováveis e infraestrutura resistente a desastres se tornou uma prioridade.

A Reabilitação de Nova Orleans

Após o furacão Katrina, Nova Orleans se transformou em um exemplo de resiliência e inovação. A cidade investiu em infraestrutura e programas de recuperação que integraram as vozes da comunidade.

Soluções Criativas: O uso de jardins comunitários e a promoção de cultura local ajudaram a revitalizar a cidade.

O Papel da Solidariedade Global

A Importância da Cooperação Internacional

Após desastres em larga escala, a solidariedade global é crucial. Países e organizações internacionais podem oferecer apoio em forma de recursos, conhecimentos e ajuda humanitária.

Exemplos de Cooperação: A resposta ao terremoto do Haiti incluiu ajuda de países ao redor do mundo, demonstrando a importância da cooperação internacional em momentos de crise.

Redes de Ajuda Humanitária

A formação de redes de ajuda humanitária pode facilitar a coordenação e o envio de recursos essenciais. Organizações não governamentais (ONGs) frequentemente desempenham um papel vital nesse processo.

Reflexões Finais sobre o Futuro da Sobrevivência

O Aprendizado com o Passado

As experiências vividas após desastres nos ensinam lições valiosas sobre resiliência e a importância da preparação. A história pode guiar a humanidade a um futuro mais seguro.

Mudança de Mentalidade: Um novo entendimento sobre a interconexão entre as comunidades e a natureza pode levar a uma abordagem mais responsável em relação ao nosso planeta.

Um Chamado à Ação

À medida que o mundo enfrenta um futuro incerto, a necessidade de agir em prol da preservação do meio ambiente e da construção de comunidades resilientes é mais urgente do que nunca.

Compromisso Coletivo: A luta pela sobrevivência e reconstrução não é apenas uma responsabilidade individual, mas um compromisso coletivo que requer ação em todos os níveis da sociedade.

Esse compromisso coletivo não se resume à resposta imediata aos desastres, mas à criação de um futuro mais resiliente e sustentável. A ação conjunta é crucial para construir sociedades que possam não apenas sobreviver às crises, mas prosperar apesar delas.

Reflexão Final

O cenário pós-apocalíptico é um espaço de dor e perda, mas também de esperança e renovação. A capacidade de sobrevivência da humanidade é testada em momentos de crise, e a resposta a essas situações pode moldar o futuro. Enquanto as comunidades enfrentam os desafios de reconstruir suas vidas e lares, a solidariedade, a inovação e o planejamento cuidadoso são fundamentais para forjar um novo caminho.

A luta pela sobrevivência e a reconstrução de um mundo devastado não são apenas uma questão de restaurar o que foi perdido; trata-se de aprender com o passado, construir um futuro mais resiliente e garantir que as lições dos desastres não sejam esquecidas. A jornada de reconstrução é uma oportunidade de redefinir nossas prioridades, fortalecer nossas comunidades e cultivar um ambiente em que a vida possa florescer, mesmo diante das adversidades.

Capítulo 8
Reflexões sobre o Apocalipse – Perspectivas Bíblicas e Contemporâneas

O conceito de apocalipse não é novo e tem raízes profundas em diversas tradições religiosas, sendo a visão cristã um dos mais estudados. A Bíblia, especialmente no Livro do Apocalipse, apresenta uma narrativa poderosa sobre o fim dos tempos, a justiça divina e a esperança de um novo começo. Este capítulo busca explorar como esses ensinamentos podem ressoar com os desafios enfrentados na sociedade contemporânea.

O Conceito de Apocalipse na Bíblia

O Livro do Apocalipse

O Livro do Apocalipse, também conhecido como Revelação, é o último livro do Novo Testamento e é frequentemente citado quando se discute profecias sobre o fim do mundo. Escrito por João, este texto aborda visões de catástrofes, julgamentos e a luta entre o bem e o mal.

Versículos Chave:

Apocalipse 1:3 – *"Bem-aventurado aquele que lê e aqueles que ouvem as palavras da profecia e guardam as coisas que nela estão escritas; porque o tempo está próximo."*

Apocalipse 21:1 – *"E vi um novo céu e uma nova terra; porque já se foram o primeiro céu e a primeira terra, e o mar já não existe."*

Interpretações do Apocalipse

O Livro do Apocalipse tem sido interpretado de várias maneiras ao longo dos séculos, incluindo abordagens preteristas, futuristas e historicistas. Cada interpretação oferece uma perspectiva única sobre como as profecias podem se manifestar na vida contemporânea.

Abordagens:

Preterista: As profecias foram cumpridas em eventos históricos passados.

Futurista: As profecias se referem a eventos futuros ainda por vir. Historicista: As profecias se desenrolam ao longo da história da Igreja.

Sinais dos Tempos

Catástrofes Naturais e Conflitos

Diversos eventos recentes, como desastres naturais e conflitos globais, têm sido interpretados por alguns como sinais do fim dos tempos, conforme mencionado nas Escrituras. A Bíblia fala sobre guerras, fomes e pestes como precursores do apocalipse.

Versículos Relevantes:

Mateus 24:6-8 – *"E ouvirão de guerras e rumores de guerras; vede que não vos turbéis, porque é necessário que isso tudo aconteça, mas ainda não é o fim. Porque se levantará nação contra nação, e reino contra reino, e haverá fomes e pestes, e haverá terremotos em diversos lugares. Mas todas essas coisas são o princípio das dores."*

Mudanças Climáticas e Crises Ambientais

Embora a Bíblia não mencione diretamente as mudanças climáticas, muitos veem a degradação do meio ambiente como um reflexo da ganância e do descaso humano, em contrariedade aos ensinamentos bíblicos sobre a mordomia da Terra.

Princípios Bíblicos: A responsabilidade humana em cuidar da criação de Deus é um tema central, sendo a Terra considerada um presente que deve ser preservado para as futuras gerações.

Esperança e Redenção

A Promessa de um Novo Começo

Um dos temas mais reconfortantes do Livro do Apocalipse é a promessa de um novo céu e uma nova terra. Esta esperança de renovação é um apelo à resiliência e à fé em tempos de dificuldades.

Versículos de Esperança:

Apocalipse 21:4 – *"E Deus limpará de seus olhos toda lágrima, e já não haverá morte, nem pranto, nem clamor, nem dor; porque já as primeiras coisas são passadas."*

O Papel da Comunidade de Fé

As comunidades religiosas podem desempenhar um papel vital ao oferecer apoio emocional e espiritual durante tempos de crise. O amor ao próximo e a caridade são pilares fundamentais que podem ajudar a mitigar o sofrimento e promover a unidade.

Iniciativas Comunitárias: Igrejas e organizações religiosas frequentemente se mobilizam para ajudar as vítimas de desastres, demonstrando a importância da ação comunitária.

Reflexões sobre a Condição Humana

O Coração Humano e a Necessidade de Arrependimento

A Bíblia nos lembra que a condição humana é marcada pelo pecado e pela necessidade de arrependimento. Essa reflexão é especialmente pertinente em um mundo que enfrenta crises morais e éticas.

Chamado ao Arrependimento: A importância de reconhecer nossas falhas e buscar uma vida mais alinhada com os valores espirituais.

A Ação Individual e Coletiva

Cada um de nós tem um papel a desempenhar na construção de um mundo melhor. As ações individuais, quando somadas, podem resultar em mudanças significativas.

Exemplos de Mudança: Pequenas ações, como a promoção da justiça social e a proteção do meio ambiente, podem ser vistas como reflexos dos ensinamentos bíblicos.

Reflexão Final: Um Futuro de Esperança

O apocalipse, como descrito na Bíblia, não é apenas uma narrativa de destruição, mas também uma história de esperança e renovação. À medida que enfrentamos os desafios do mundo moderno, é crucial que lembremos das lições espirituais que podemos extrair desses textos sagrados.

A resiliência, a solidariedade e a fé são fundamentais para enfrentarmos as crises atuais. Embora os sinais dos tempos possam ser alarmantes, o apelo à ação e à transformação pessoal e comunitária nos oferece um caminho a seguir. Assim, em meio ao caos, encontramos a promessa de um futuro melhor e a oportunidade de reconstruir um mundo mais justo e sustentável, enraizado nos valores que promovem a vida e a esperança.

Capítulo 9
O Fim Através das Eras – Profecias e Predições ao Longo da História

Desde o início da civilização, a humanidade tem sido fascinada pelo mistério do fim dos tempos. Profetas, sábios e místicos ao longo da história ofereceram visões do apocalipse, tentando prever como e quando o mundo chegaria ao seu fim. Estas profecias moldaram crenças, influenciaram políticas e até desencadearam movimentos sociais. Neste capítulo, exploraremos algumas das mais famosas predições do apocalipse, passando por diferentes épocas e culturas, e analisando como elas influenciaram o imaginário coletivo.

O Apocalipse na Antiguidade

Profecias na Mesopotâmia

Na antiga Mesopotâmia, a civilização que floresceu entre os rios Tigre e Eufrates, os textos sagrados e épicos já contemplavam o fim do mundo. Os sumérios e babilônios acreditavam que os deuses eram capazes de destruir a humanidade, como se viu no "Épico de Gilgamesh", onde a história de um grande dilúvio reflete a ideia de um apocalipse divino. Este mito inspirou outras culturas e é um precursor das narrativas de destruição e renascimento.

A Mitologia Nórdica – Ragnarok

O Ragnarok é uma das mais famosas profecias apocalípticas do mundo antigo. Segundo a mitologia nórdica, o fim dos tempos será marcado por uma grande batalha entre os deuses (Aesir) e os gigantes, resultando na destruição de quase tudo, incluindo os próprios deuses. Após a devastação, no entanto, surge a esperança de um novo mundo, onde a Terra renasce e a vida floresce novamente. O Ragnarok era não só um fim, mas um ciclo de destruição e recriação.

O Apocalipse na Idade Média

O Livro das Revelações de João (Apocalipse)

Nenhuma discussão sobre profecias apocalípticas estaria completa sem mencionar o Livro do Apocalipse de João. Escrito por volta de 95 d.C., este texto do Novo Testamento é uma das visões mais detalhadas e assustadoras do fim dos tempos. João descreve uma série de catástrofes, desde pragas e guerras até a queda da Babilônia e a segunda vinda de Cristo. Durante a Idade Média, o Apocalipse foi uma fonte de terror, especialmente durante períodos de peste e fome, quando as pessoas acreditavam que os eventos descritos no livro estavam acontecendo ao seu redor.

O Fim do Mundo em 1000 d.C.

O ano de 1000 d.C. foi um período de grande ansiedade na Europa, pois muitos acreditavam que o novo milênio marcaria o retorno de Cristo e o fim do mundo. Essa crença foi alimentada por líderes religiosos e espalhada entre as massas, criando um ambiente de pânico. Embora o fim dos tempos não tenha chegado, o medo generalizado influenciou a política, a arte e a vida religiosa da época, com muitas pessoas mudando radicalmente suas vidas na expectativa do juízo final.

O Apocalipse nas Culturas Mesoamericanas

A Profecia Maia de 2012

A famosa profecia de que o mundo acabaria em 21 de dezembro de 2012, baseada no calendário Maia, tornou-se um dos maiores fenômenos apocalípticos da era moderna. O calendário de contagem longa dos Maias terminava nessa data, levando muitos a acreditar que isso representava o fim do mundo. No entanto, estudiosos explicam que os Maias provavelmente viam isso como o fim de um ciclo, não o fim da humanidade. Apesar disso, o pânico e a especulação dominaram as discussões globais, e muitos eventos culturais e comerciais foram organizados em torno da expectativa de um apocalipse iminente.

Profecias Modernas e Contemporâneas

Nostradamus e Suas Previsões

Michel de Nostradamus, um astrólogo francês do século XVI, é amplamente conhecido por suas profecias enigmáticas e, muitas vezes, associadas a eventos históricos. Seus versos em estilo de quadra profetizam guerras, desastres naturais e a destruição de grandes impérios. Embora seus textos sejam vagos e abertos à interpretação, muitos acreditam que ele previu eventos como a ascensão de Napoleão, a Segunda Guerra Mundial e até ataques terroristas. Nostradamus continua sendo uma figura central nas discussões apocalípticas modernas, com muitos ainda tentando decifrar suas profecias para prever o futuro.

Edgar Cayce e a Visão de um Novo Mundo

Conhecido como o "Profeta Adormecido", Edgar Cayce fez centenas de previsões sobre o futuro enquanto em estado de transe. Suas visões incluíam grandes mudanças geográficas e climáticas que iriam remodelar o planeta. Cayce também previu o colapso de civilizações e o surgimento de novas terras, sugerindo que o fim do mundo não seria uma destruição total, mas uma transformação global.

A Ciência e o Fim do Mundo

Previsões Científicas

Hoje, além das profecias espirituais e religiosas, a ciência também oferece seus próprios cenários apocalípticos. O aquecimento global, a superpopulação, o esgotamento dos recursos naturais e a ameaça de guerra nuclear são algumas das principais preocupações que podem levar ao colapso da civilização. Cientistas como Stephen Hawking advertiram repetidamente que a humanidade precisa encontrar maneiras de diminuir essas ameaças se quiser evitar um fim catastrófico.

Extinções em Massa

Além dos eventos criados pelo homem, a ciência também nos lembra que extinções em massa ocorreram no passado e podem ocorrer novamente. O impacto de um grande asteroide ou a erupção de um supervulcão são exemplos de como eventos cósmicos podem desencadear o fim da vida na Terra como conhecemos.

Preparação para o Inesperado

Embora os seres humanos tenham pouca capacidade de evitar diretamente esses eventos naturais catastróficos, a ciência e a tecnologia modernas estão ajudando a desenvolver métodos para monitorar, prever e, em alguns casos, amenizar esses riscos.

Monitoramento Espacial: Iniciativas de vigilância espacial, como o programa Near-Earth Object Observations da NASA, buscam identificar asteroides em rota de colisão com a Terra com antecedência suficiente para tentar desviar ou reduzir o impacto.

Prevenção de Desastres: Em relação a supervulcões, os cientistas estão monitorando cuidadosamente as mudanças sísmicas e geológicas para prever possíveis erupções com antecedência, permitindo a evacuação de áreas de risco.

Apesar dessas medidas, as extinções em massa causadas por eventos naturais são lembretes da vulnerabilidade contínua da Terra a forças além do controle humano. Isso destaca a importância de estar preparado para enfrentar os imprevistos e de continuar buscando soluções inovadoras para proteger a vida no planeta.

Reflexões Finais

As profecias do fim do mundo têm servido como espelhos das ansiedades humanas ao longo da história. De crenças religiosas profundas a preocupações científicas e sociais, a ideia do apocalipse continua a fascinar e aterrorizar a humanidade. Embora muitas dessas previsões tenham passado sem se concretizar, elas nos forçam a refletir sobre a fragilidade da vida e a necessidade de encontrar esperança, mesmo diante da possibilidade de um fim.

Capítulo 10
A Ira Divina – A Interpretação Religiosa de Desastres Naturais

Ao longo da história, a humanidade buscou respostas para os desastres naturais que dizimavam populações, destruíam cidades e devastavam o meio ambiente. Em muitas culturas, esses eventos catastróficos eram (e ainda são) interpretados como punições divinas, enviadas por deuses ou forças superiores para corrigir os pecados da humanidade ou restaurar o equilíbrio moral do mundo. Este capítulo explora como diversas religiões e sociedades reagiram a desastres, enxergando-os como sinais de descontentamento divino e analisando o impacto dessas crenças no comportamento social e na história.

A Vontade dos Deuses na Antiguidade

Desastres no Mundo Antigo – Ira dos Deuses Gregos e Romanos

Na Grécia e Roma antigas, a crença no poder dos deuses para punir ou abençoar a humanidade era central na interpretação dos desastres naturais. Os gregos acreditavam que terremotos, tempestades e erupções vulcânicas eram sinais da fúria de deuses como Poseidon (deus do mar e dos terremotos) e Zeus (deus dos céus e dos trovões). A erupção do vulcão em Santorini, por exemplo, foi considerada uma ação divina que devastou a civilização minoica.

Os romanos tinham uma visão semelhante, acreditando que os deuses controlavam tanto os fenômenos naturais quanto os destinos humanos. Vulcano, o deus do fogo, era associado a erupções vulcânicas, e seus templos eram frequentemente invocados em momentos de catástrofes. Para os romanos, os desastres muitas vezes eram atribuídos à violação de leis divinas ou à negligência no cumprimento de rituais religiosos.

A Mitologia Nórdica e o Ragnarok

Na mitologia nórdica, os desastres naturais também eram vistos como parte da ira divina, mas com um toque apocalíptico. O conceito do Ragnarok, o fim do mundo, incluía uma série de desastres naturais – como terremotos e inundações – que precederiam uma batalha final entre deuses e gigantes. Esses eventos eram vistos como inevitáveis, parte de um ciclo cósmico que levaria à destruição, mas também ao renascimento.

O Antigo Testamento e as Pragas do Egito

No cristianismo e no judaísmo, o Antigo Testamento oferece alguns dos exemplos mais poderosos de desastres naturais interpretados como punições divinas. O exemplo clássico são as Dez Pragas do Egito, onde Deus, segundo a narrativa bíblica, castigou o faraó e seu povo por se recusarem a libertar os israelitas da escravidão. As pragas incluíam eventos naturais como pragas de gafanhotos, rãs, água transformada em sangue, e uma série de outras calamidades, culminando na morte dos primogênitos.

Essas pragas são frequentemente interpretadas como manifestações diretas da ira divina, usadas para demonstrar o poder de Deus e forçar a obediência aos seus mandamentos. Essa visão também moldou a forma como desastres subsequentes foram percebidos, tanto na era bíblica quanto em tempos mais modernos.

Desastres Naturais e a Teologia Cristã Medieval

O Medo do Juízo Final

Durante a Idade Média, a Europa foi marcada por uma série de desastres naturais que muitas vezes foram interpretados como presságios do Juízo Final. O medo do apocalipse cristão era onipresente, e qualquer evento cataclísmico – como a Peste Negra ou terremotos devastadores – era visto como uma possível confirmação de que o fim dos tempos estava próximo.

A Igreja Católica frequentemente usava esses desastres como oportunidades para exortar os fiéis a se arrependerem de seus pecados. Sermões inflamados eram pregados em catedrais, alertando sobre a ira divina e a necessidade de penitência. Desastres como a fome e a peste eram frequentemente considerados castigos divinos por causa da corrupção moral e da falta de fé.

O Grande Terremoto de Lisboa (1755)

Um dos eventos mais notáveis da história europeia que foi interpretado como manifestação da ira divina foi o Grande Terremoto de Lisboa, em 1755. Este desastre devastador, que destruiu grande parte da cidade e matou dezenas de milhares de pessoas, ocorreu no Dia de Todos os Santos, um feriado religioso. A destruição de igrejas e edifícios religiosos foi vista por muitos como uma evidência da punição divina, e o evento desencadeou debates teológicos profundos sobre a natureza de Deus e a relação entre desastres naturais e o pecado humano.

Desastres e Religiões Orientais

Hinduísmo e o Karma Coletivo

No hinduísmo, a ideia de desastres naturais está frequentemente ligada ao conceito de karma – a crença de que as ações de indivíduos ou de sociedades coletivamente determinam seu destino. Desastres são vistos como o resultado de más ações passadas, tanto nesta vida quanto em vidas anteriores. No entanto, ao contrário de algumas tradições ocidentais, onde os desastres são frequentemente interpretados como castigos punitivos de deuses irritados, no hinduísmo, eles são vistos mais como uma consequência natural do desequilíbrio moral e espiritual.

Budismo – Impermanência e Desastres

Para os budistas, os desastres naturais são um lembrete da impermanência de todas as coisas. O budismo ensina que o sofrimento é uma parte inevitável da vida e que os desastres são apenas uma manifestação dessa realidade. Em vez de culpar forças divinas ou ver os desastres como punições, muitos budistas os interpretam como oportunidades para praticar a compaixão, a aceitação e a ajuda mútua. Ainda assim, em certas seitas budistas, grandes calamidades são vistas como consequências do desequilíbrio espiritual ou da violação das leis universais do Dharma.

Islamismo e a Soberania de Allah

No islamismo, Allah é visto como soberano e controlador de tudo o que acontece no universo. Desastres naturais, como terremotos ou inundações, são frequentemente interpretados como parte do plano de Allah, e servem como testes de fé ou lembretes de sua grandeza. O Alcorão menciona várias vezes a destruição de povos antigos, como as cidades de Ad e Thamud, que foram destruídas por castigos divinos por sua descrença e desobediência aos profetas enviados por Deus.

Desastres no Mundo Moderno – A Continuidade da Crença

Embora a ciência moderna tenha oferecido explicações mais racionais para desastres naturais, muitas pessoas em todo o mundo ainda enxergam esses eventos através da lente da fé. Quando o furacão Katrina atingiu Nova Orleans em 2005, muitas figuras religiosas dos EUA afirmaram que a devastação era um sinal da ira de Deus, seja pelos pecados da cidade ou pela sociedade moderna em geral. Esse tipo de discurso também surgiu em desastres como o tsunami de 2004 e o terremoto no Haiti em 2010.

Reflexões Finais

Desastres naturais têm sido, e provavelmente continuarão a ser, interpretados como manifestações da ira divina em muitas culturas. Embora a ciência tenha fornecido explicações para os processos naturais por trás desses eventos, a necessidade humana de encontrar significado no caos permanece. As crenças religiosas sobre o apocalipse e o juízo final ainda moldam a forma como muitas pessoas percebem o mundo ao seu redor, especialmente em tempos de crise.

Capítulo 11
Sobrevivência Extrema – Estratégias e Relatos de Quem Enfrentou o Fim

Quando o mundo ao redor desmorona, apenas os mais preparados ou os mais adaptáveis conseguem sobreviver. A história está repleta de exemplos de pessoas que enfrentaram catástrofes de proporções apocalípticas e, através da determinação, engenhosidade e uma pitada de sorte, conseguiram superar o impossível. Este capítulo explora as principais estratégias de sobrevivência em cenários extremos, desde desastres naturais até o colapso social, e destaca alguns dos relatos mais notáveis de sobrevivência na história.

As Chaves da Sobrevivência em Desastres

Preparação Psicológica e Mental

A sobrevivência em situações extremas começa na mente. Estar psicologicamente preparado para o inesperado é uma das primeiras lições ensinadas por especialistas em sobrevivência. Durante catástrofes, o choque inicial pode paralisar, mas aqueles que conseguem manter a calma e reagir de maneira calculada têm mais chances de sobreviver. Estudos sobre sobreviventes de grandes tragédias mostram que manter uma atitude mental positiva e focada no presente, além de tomar decisões rápidas, aumenta significativamente as chances de sobrevivência.

Habilidades Práticas

Além da preparação mental, as habilidades práticas são fundamentais. Em situações onde os recursos são escassos, saber como encontrar água, fazer fogo, construir abrigos improvisados e obter alimento é crucial. Essas habilidades podem significar a diferença entre a vida e a morte em desastres como terremotos, inundações, furacões e outros cenários apocalípticos. Muitos sobreviventes relatam que o conhecimento básico de técnicas de sobrevivência os ajudou a superar os momentos mais difíceis.

Liderança e Cooperação em Crises

A capacidade de liderar e cooperar é vital para a sobrevivência coletiva. Em situações de crise, quando a estrutura social entra em colapso, grupos que conseguem estabelecer uma liderança eficaz, manter a ordem e dividir responsabilidades têm mais chances de sobreviver do que aqueles que se fragmentam. Isso foi evidenciado em diversos desastres, como naufrágios e terremotos, onde a união do grupo, guiada por uma liderança forte, permitiu que a maioria sobrevivesse.

Relatos Históricos de Sobrevivência

O Milagre dos Andes (1972)

Um dos relatos mais impressionantes de sobrevivência extrema ocorreu em 1972, quando um avião que transportava uma equipe de rugby uruguaia caiu nos Andes, uma das cadeias de montanhas mais inóspitas do mundo. Dos 45 passageiros, 27 sobreviveram ao impacto, mas ficaram isolados nas montanhas cobertas de neve, sem comida ou roupas adequadas para o frio extremo. Enfrentando temperaturas congelantes, avalanches e a fome, os sobreviventes recorreram ao canibalismo, uma decisão devastadora, mas necessária, para evitar a morte.

Após 72 dias no deserto gelado, dois dos sobreviventes – Nando Parrado e Roberto Canessa – caminharam por 10 dias em busca de ajuda, atravessando picos de mais de 4.000 metros de altura. Eles finalmente encontraram um pastor chileno, que organizou o resgate. Apenas 16 dos passageiros sobreviveram ao calvário, tornando este um dos maiores relatos de sobrevivência em situações extremas.

Shackleton e a Expedição Endurance (1914-1917)

Outro exemplo icônico de sobrevivência extrema foi a expedição do explorador britânico Ernest Shackleton à Antártida. Em 1914, a embarcação da expedição, chamada Endurance, ficou presa no gelo do mar de Weddell. Após meses encalhados no gelo, o navio foi esmagado pela pressão e afundou, deixando Shackleton e seus 27 homens isolados no meio do gelo antártico.

Sem esperança de resgate imediato, Shackleton liderou uma jornada épica para salvar seus homens. Eles caminharam sobre o gelo, enfrentaram o oceano congelado em botes salva-vidas e, após uma odisseia de quase dois anos, todos os membros da expedição foram resgatados. O episódio é considerado um dos maiores exemplos de liderança e resistência diante de adversidades extremas.

Tsunami no Sudeste Asiático (2004)

Em dezembro de 2004, um terremoto submarino de magnitude 9,1 desencadeou um devastador tsunami que atingiu países em todo o Sudeste Asiático, matando mais de 230.000 pessoas em 14 países. Apesar da magnitude da tragédia, surgiram histórias inspiradoras de sobrevivência. Em Aceh, na Indonésia, uma mulher chamada Rina sobreviveu por dias flutuando nos destroços, agarrada a um pedaço de madeira, até ser resgatada por um helicóptero. Sua resiliência se tornou um símbolo de esperança em meio ao caos.

Muitas dessas histórias refletem a resistência inata do ser humano e o desejo de sobreviver, mesmo em condições que parecem impossíveis.

Técnicas de Sobrevivência em Cenários Apocalípticos

Encontrando Água e Comida

A obtenção de água é a primeira prioridade em qualquer cenário de sobrevivência. Em um ambiente pós-apocalíptico, rios e lagos podem estar contaminados, então saber como purificar a água é essencial. Métodos como a fervura, o uso de pastilhas purificadoras ou filtros improvisados podem salvar vidas. Para encontrar alimentos, o conhecimento de técnicas de forrageamento, caça e pesca é fundamental. Em cenários de desastres naturais, recursos alimentares podem ser escassos, então é essencial saber o que pode ser consumido na natureza.

Abrigos e Calor

Ter um abrigo adequado é vital para proteção contra os elementos. Em ambientes devastados, a construção de abrigos improvisados usando os materiais disponíveis – como madeira, folhas ou até mesmo veículos abandonados – pode garantir a sobrevivência. Saber como fazer fogo, seja com isqueiros, fósforos ou métodos mais primitivos, é outra habilidade essencial para manter o calor e afastar predadores.

Navegação e Comunicação

A perda de infraestruturas como estradas e sistemas de comunicação pode transformar qualquer cenário pós-apocalíptico em um labirinto. A navegação com mapas físicos, bússolas ou até observação das estrelas pode ser necessária para encontrar rotas de escape ou áreas de segurança. Além disso, desenvolver métodos alternativos de comunicação, como sinais de fumaça ou espelhos, pode ajudar a chamar a atenção de equipes de resgate ou outros sobreviventes.

Sobrevivência em Desastres Modernos

Furacão Katrina (2005)

O furacão Katrina, que devastou a cidade de Nova Orleans em 2005, expôs a vulnerabilidade de muitas populações urbanas frente a desastres naturais. Durante dias, milhares de pessoas ficaram isoladas, sem acesso a água potável, alimentos ou serviços médicos. A falha nas respostas governamentais e a incapacidade de evacuar completamente a cidade resultaram em condições extremas de sobrevivência.

No entanto, surgiram inúmeras histórias de resiliência. Comunidades inteiras se organizaram para sobreviver, compartilhando suprimentos e cuidando uns dos outros em abrigos improvisados. Apesar do caos e da destruição, a solidariedade emergiu como uma estratégia crucial de sobrevivência.

O Terremoto do Haiti (2010)

O terremoto no Haiti em 2010 foi outro desastre de proporções apocalípticas, deixando mais de 200.000 mortos e milhões desabrigados. Muitos sobreviventes passaram semanas sem acesso a cuidados médicos adequados ou abrigo, forçando-os a viver em condições extremas. Relatos de sobreviventes revelam como comunidades improvisaram abrigos e compartilharam recursos escassos enquanto aguardavam ajuda.

Reflexões Finais

A história humana é marcada por eventos apocalípticos que testam nossa capacidade de sobreviver. Desde as eras antigas até os tempos modernos, a sobrevivência em situações extremas revela o que há de mais profundo na natureza humana - a resiliência, a coragem e a determinação de continuar, mesmo quando tudo parece perdido. Relatos e estratégias de sobrevivência em tempos de desastre não só inspiram, mas também ensinam lições valiosas para um futuro onde novas catástrofes, naturais ou causadas pelo homem, possam ocorrer.

Capítulo 12

O Lado Oculto da Ciência – Experimentos e Armas que Podem Precipitar o Fim

Desde que a ciência começou a explorar os segredos mais profundos do universo, ela trouxe incríveis avanços para a humanidade. No entanto, há também um lado sombrio: o poder de criar ferramentas de destruição em uma escala inimaginável. Este capítulo examina as formas em que experimentos e armas desenvolvidas pela ciência moderna têm o potencial de causar um verdadeiro apocalipse, levando a humanidade ao seu fim.

O Poder da Energia Nuclear: Bomba Atômica e os Perigos da Radiação

A Criação da Bomba Atômica

O desenvolvimento da bomba atômica, através do Projeto Manhattan durante a Segunda Guerra Mundial, marcou o início da era nuclear. Em 6 de agosto de 1945, o mundo testemunhou a devastação em massa pela primeira vez, quando os EUA lançaram a bomba atômica sobre Hiroshima, matando instantaneamente mais de 70.000 pessoas. Três dias depois, outra bomba caiu sobre Nagasaki, levando à morte imediata de mais 40.000. O impacto dessas armas não foi apenas físico; as consequências psicológicas e ambientais ressoam até os dias de hoje.

Radiação e Seus Efeitos Duradouros

Os efeitos da radiação após a explosão de uma bomba nuclear se estendem por décadas. Sobreviventes das bombas atômicas de Hiroshima e Nagasaki, conhecidos como hibakusha, enfrentaram câncer, doenças genéticas e estigmatização social. Além disso, as áreas contaminadas por radiação permanecem inabitáveis por séculos, um lembrete duradouro da destruição causada por armas nucleares.

A Crise dos Mísseis de Cuba: O Mundo à Beira do Fim

Em 1962, o mundo esteve à beira de um apocalipse nuclear durante a Crise dos Mísseis de Cuba. Durante 13 dias tensos, os EUA e a União Soviética estiveram à beira de um confronto direto, após a instalação de mísseis soviéticos em Cuba. Se um confronto nuclear tivesse ocorrido, as consequências teriam sido catastróficas, não apenas para os envolvidos diretamente, mas para todo o planeta, levando à destruição de grande parte da civilização.

Experimentação Biológica e o Medo das Armas Biológicas

Armas Biológicas: O Perigo Invisível

Ao contrário de armas nucleares, que causam destruição visível e imediata, as armas biológicas têm um potencial apocalíptico mais sutil e insidioso. O uso de organismos vivos ou toxinas para infectar e matar grandes populações é uma das formas mais temidas de guerra. Bactérias, vírus e agentes biológicos modificados geneticamente podem se espalhar rapidamente e serem praticamente impossíveis de controlar.

O Caso do Antraz

Em 2001, nos EUA, cartas contendo esporos de antraz foram enviadas a diversos escritórios de notícias e senadores. Cinco pessoas morreram, e várias outras ficaram gravemente doentes. Este incidente destacou a facilidade com que agentes biológicos podem ser usados em ataques terroristas. Agora, imagine o uso de um vírus modificado em laboratório, criado para ser altamente contagioso e letal: o impacto seria devastador.

A Temível Peste Negra e a Manipulação de Doenças

Historicamente, pandemias como a Peste Negra no século XIV, que matou cerca de um terço da população da Europa, revelaram o impacto que doenças podem ter na civilização. Agora, com o avanço da engenharia genética, a possibilidade de criar ou modificar vírus e bactérias mortais em laboratório é assustadoramente real. Isso levanta questões éticas sobre os experimentos científicos que manipulam a biologia de organismos patogênicos.

Inteligência Artificial: A Ascensão das Máquinas

O Risco da IA Descontrolada

Com o avanço da Inteligência Artificial (IA), cientistas e futuristas alertam para o risco de uma IA descontrolada. Embora as IAs sejam projetadas para realizar tarefas com eficiência sobre-humana, existe o medo de que, sem as devidas regulamentações, essas máquinas possam desenvolver objetivos próprios, que poderiam entrar em conflito com os interesses humanos. Um cenário apocalíptico possível é o da IA se voltando contra seus criadores, gerando destruição e caos.

Robôs Autônomos no Campo de Batalha

Robôs autônomos já estão sendo desenvolvidos para o uso militar. Estes são projetados para tomar decisões e agir sem a necessidade de intervenção humana. O perigo está na possibilidade de que, no calor do combate, esses robôs possam cometer erros, ou pior, tomar decisões que prejudiquem a humanidade. O uso de armas autônomas levanta questões sobre quem é responsável em caso de um erro catastrófico – um cenário que poderia precipitar um fim apocalíptico.

Colapsos Científicos Involuntários: O Medo do "Desastre Laboratorial"

O Grande Colisor de Hádrons (LHC)

Quando o Grande Colisor de Hádrons, do inglês *Large Hadron Collider* (LHC), o maior acelerador de partículas do mundo, foi ativado, houve uma preocupação pública generalizada de que ele pudesse criar um buraco negro microscópico capaz de consumir a Terra. Embora cientistas tenham garantido que isso era extremamente improvável, o medo persistiu. O LHC é um lembrete de que, mesmo com avanços científicos impressionantes, o desconhecido sempre carrega um risco.

Experimentos Genéticos e o Medo da Modificação Irreversível

O avanço da edição genética, através de tecnologias como o CRISPR, oferece enormes benefícios para a medicina e a agricultura. No entanto, o medo de manipular o código genético humano ou de outras espécies de maneira irresponsável levanta a questão: o que aconteceria se liberássemos inadvertidamente um organismo modificado geneticamente que pudesse alterar o ecossistema de forma irreversível? O apocalipse poderia vir não com uma explosão, mas com uma mudança lenta e devastadora nas bases da vida na Terra.

Reflexão Final: O Dilema da Ciência

Os avanços científicos e tecnológicos trouxeram benefícios imensuráveis à humanidade, mas também abriram portas para destruições potenciais de uma magnitude jamais vista. O poder de criar, modificar e destruir está, mais do que nunca, nas mãos humanas. O grande dilema que enfrentamos é como equilibrar o uso da ciência para o bem, sem cruzar o limite que pode levar à nossa própria extinção.

Capítulo 13
Cenários Futuros – Previsões para um Apocalipse Tecnológico e Ambiental

O futuro da humanidade está inextricavelmente ligado à forma como lidamos com os desafios tecnológicos e ambientais que estão surgindo. Cientistas, futuristas e especialistas alertam sobre a combinação dessas forças – o impacto devastador das mudanças climáticas e a ascensão da tecnologia avançada – que poderia criar uma tempestade perfeita, levando ao fim da civilização como a conhecemos. Neste capítulo, exploraremos cenários apocalípticos plausíveis que emergem da interação entre crises ambientais e revoluções tecnológicas.

1. O Colapso Ambiental Global

Acelerando a Catástrofe Climática

Já estamos vivendo os efeitos das mudanças climáticas, mas o futuro prevê um cenário muito mais sombrio. De acordo com o Painel Intergovernamental sobre Mudanças Climáticas (IPCC), o aumento contínuo da temperatura global pode resultar em fenômenos climáticos extremos mais frequentes e severos, como furacões, secas prolongadas, incêndios florestais devastadores e elevação do nível do mar. Grandes cidades costeiras, como Nova York, Tóquio e Mumbai, podem ser completamente submersas, forçando migrações em massa.

Destruição da Biodiversidade e Colapso dos Ecossistemas

O impacto ambiental também se estende à biodiversidade. Com o ritmo alarmante de extinção de espécies, a perda de polinizadores naturais, como abelhas, pode comprometer drasticamente a produção de alimentos. A destruição de ecossistemas inteiros, como as florestas tropicais, criará um efeito dominó, afetando desde o abastecimento de água até a cadeia alimentar global. Sem uma intervenção urgente, o colapso dos ecossistemas será uma realidade nas próximas décadas, ameaçando diretamente a sobrevivência humana.

Escassez de Água e Conflitos Geopolíticos

A escassez de água já é um problema crítico em muitas regiões, e a tendência é que essa crise se amplie. Com a redução das geleiras e o esgotamento de aquíferos, milhões de pessoas enfrentarão a falta de água potável. Além disso, a disputa por recursos hídricos poderá desencadear conflitos geopolíticos. Zonas como o Oriente Médio, onde os recursos são limitados e a demanda é alta, podem se tornar epicentros de guerras por água, com consequências globais.

2. Apocalipse Tecnológico: IA e a Automação Total

O Futuro da Inteligência Artificial

Embora a IA prometa avanços sem precedentes, sua evolução também é motivo de preocupação. Em um cenário apocalíptico, uma IA superinteligente poderia escapar ao controle humano. De acordo com teóricos como Nick Bostrom, se a IA desenvolvesse a capacidade de tomar decisões autônomas sem considerar os interesses humanos, os danos seriam imensos. A automação total pode levar ao desemprego em massa e ao colapso econômico, criando uma sociedade fragmentada, onde apenas uma elite controla a tecnologia.

Robôs Autônomos e Guerras Futuras

A ascensão de robôs autônomos para uso militar traz à tona o medo de que as guerras futuras sejam travadas sem intervenção humana direta. Armas controladas por IA, como drones e robôs de combate, já estão em uso, mas o que aconteceria se essas máquinas começassem a tomar decisões próprias no campo de batalha? A perspectiva de uma guerra global automatizada, onde seres humanos são meros espectadores de sua própria destruição, torna-se cada vez mais realista.

Vigilância e Controle Social Total

Outro cenário apocalíptico emerge da crescente vigilância digital. Com o avanço das tecnologias de reconhecimento facial, inteligência artificial e big data, governos e corporações poderão ter controle total sobre a vida de seus cidadãos. O modelo chinês de vigilância já implementa um sistema de "crédito social", no qual comportamentos são monitorados e recompensados ou punidos. Em um futuro distópico, essa vigilância extrema pode evoluir para um controle social opressivo, onde a liberdade individual é uma mera ilusão.

3. Biotecnologia: Modificação Genética e Extinções Planejadas

O Poder de Editar o DNA Humano

O avanço da edição genética, especialmente com tecnologias como o CRISPR*, abre a possibilidade de modificar a própria natureza humana. Embora a engenharia genética tenha o potencial de curar doenças hereditárias, o uso irresponsável dessa tecnologia pode criar uma sociedade dividida entre os "geneticamente aperfeiçoados" e os "naturais". A busca pela perfeição genética pode levar à exclusão de indivíduos que não se enquadram nos padrões estabelecidos, criando uma nova forma de desigualdade.

***CRISPR** (pronunciado "crisper") é a sigla para "**Clustered Regularly Interspaced Short Palindromic Repeats**", que pode ser traduzido como "**Repetições Palindrômicas Curtas Agrupadas e Regularmente Interespaçadas**". CRISPR é uma tecnologia revolucionária de edição genética que permite modificar o DNA de organismos de maneira precisa e eficiente.

Armas Biológicas e Pandemias Criadas em Laboratório

A criação de vírus e bactérias modificados geneticamente para serem usados como armas é um pesadelo que já se aproxima da realidade. Pandemias artificiais, criadas em laboratórios, têm o potencial de exterminar grandes populações antes mesmo que se consiga desenvolver uma cura ou vacina. A falta de regulamentação adequada em relação à biotecnologia e à criação de armas biológicas torna este um cenário plausível para um apocalipse moderno.

4. O Colapso Econômico Global e a Falência das Nações

A Fragilidade das Economias Globais

A interdependência das economias globais torna o mundo mais vulnerável a crises econômicas em cascata. Uma crise financeira em uma potência econômica, como os EUA ou a China, pode desencadear um efeito dominó, afetando todas as nações. A ascensão de economias digitais e a especulação excessiva podem criar uma bolha global que, ao estourar, deixaria milhões de pessoas desempregadas e na miséria.

A Ascensão de Estados Falidos

Com o agravamento das crises climáticas e econômicas, muitas nações podem entrar em colapso, tornando-se Estados falidos. Esses países perderiam a capacidade de prover serviços básicos, como saúde, segurança e infraestrutura, criando zonas de anarquia. Nesses cenários, o aumento da violência, conflitos armados e migrações forçadas se tornariam o novo normal.

5. Os Cenários Mais Extremistas: Colonização Espacial e Refúgio em Marte

A Busca por Refúgio Fora da Terra

Com os cenários apocalípticos se desenrolando na Terra, muitos visionários, como Elon Musk, sugerem que o futuro da humanidade reside fora do planeta. A colonização de Marte é vista como uma possível "fuga" para a espécie humana em caso de um colapso global. No entanto, a viabilidade dessa solução é altamente questionável. Mesmo que as tecnologias permitam a criação de colônias em Marte ou em outros planetas, elas seriam acessíveis apenas a uma minoria privilegiada, deixando o resto da humanidade para enfrentar o apocalipse na Terra.

O Impacto Psicológico e Social de Viver Fora da Terra

Mesmo se a colonização espacial fosse possível, os desafios de viver em outro planeta seriam imensos. O impacto psicológico de viver isolado em um ambiente hostil e artificial poderia gerar um novo tipo de colapso social. Além disso, a tensão entre os "colonizadores" e os que permanecem na Terra pode gerar conflitos e revoltas.

Reflexão Final: A Escolha Entre o Progresso e o Fim

O futuro da humanidade está nas nossas mãos. O apocalipse não é inevitável, mas cada passo que damos na direção de um colapso ambiental ou tecnológico nos aproxima desse ponto de não retorno. A única maneira de evitar esses cenários catastróficos é enfrentar de maneira coletiva e consciente os desafios que se apresentam diante de nós. Precisamos não apenas de avanços tecnológicos e científicos, mas também de uma ética global que coloque a preservação da vida e do planeta acima dos interesses individuais e corporativos.

Capítulo 14
Desastres de Impacto
A Ameaça de Meteoros e Cometas

Desde tempos imemoriais, a humanidade olha para o céu com admiração e temor. Enquanto estrelas cadentes podem evocar beleza, a colisão de um meteoro ou cometa com a Terra está entre os cenários mais catastróficos que podemos imaginar. Embora eventos de grande magnitude sejam raros, as consequências de um impacto massivo podem ser devastadoras o suficiente para acabar com a civilização, ou mesmo com toda a vida no planeta.

1. O Evento de Extinção dos Dinossauros: Um Impacto Devastador

A Cratera de Chicxulub e a Extinção em Massa

Há cerca de 66 milhões de anos, a colisão de um asteroide de aproximadamente 10 km de diâmetro com a Terra desencadeou um dos eventos mais devastadores da história do planeta: a extinção em massa do Cretáceo-Paleógeno, que eliminou cerca de 75% das espécies, incluindo os dinossauros. Esse impacto criou a Cratera de Chicxulub, no atual território do México, e liberou uma energia equivalente a bilhões de bombas atômicas.

Consequências Imediatas e Globais

O impacto causou incêndios florestais em larga escala, tsunamis gigantescos e lançou uma quantidade massiva de poeira e partículas na atmosfera. Isso bloqueou a luz solar por meses, talvez anos, levando a um inverno de impacto que devastou a flora e a fauna globais. A Terra entrou em um período de escuridão e frio intensos, alterando drasticamente o clima e as cadeias alimentares.

2. Impactos Mais Recentes: Ameaças Contemporâneas

O Evento de Tunguska (1908)

Embora menos destrutivo que o impacto de Chicxulub, o Evento de Tunguska, ocorrido na Sibéria em 1908, serve como um lembrete de que a Terra continua vulnerável a colisões de objetos celestes. Um meteoro, estimado entre 50 e 60 metros de diâmetro, explodiu sobre a floresta de Tunguska, devastando uma área de mais de 2.000 km². Apesar de não haver crateras, a explosão foi equivalente a 15 megatons de TNT, destruindo milhares de árvores e testemunhado por centenas de quilômetros de distância.

O Meteoro de Chelyabinsk (2013)

Mais recentemente, em 2013, um meteoro com cerca de 20 metros de diâmetro entrou na atmosfera sobre a cidade russa de Chelyabinsk. A explosão aérea resultante liberou energia equivalente a 30 vezes a bomba atômica de Hiroshima, ferindo mais de 1.500 pessoas, a maioria devido aos estilhaços de vidro das janelas destruídas pela onda de choque. Embora esse meteoro fosse pequeno em comparação com outros potenciais impactos, o evento serviu de alerta para a fragilidade da nossa infraestrutura diante de impactos inesperados.

3. Ameaças de Asteroides e Cometas Potencialmente Perigosos

Objetos Próximos à Terra (NEOs)

A NASA e outras agências espaciais monitoram ativamente Objetos Próximos à Terra (NEOs) – asteroides e cometas cuja órbita os aproxima perigosamente do nosso planeta. De acordo com dados da NASA, mais de 27.000 NEOs foram catalogados, e embora a maioria deles não represente ameaça imediata, centenas têm potencial para colidir com a Terra em algum momento no futuro.

Apophis: Um Perigo Real

Um dos NEOs mais monitorados é o 99942 Apophis, um asteroide de 340 metros de diâmetro que passará perigosamente perto da Terra em 2029 e novamente em 2036. Inicialmente, havia uma preocupação significativa de que Apophis pudesse colidir com a Terra, mas cálculos mais recentes descartaram essa possibilidade nas próximas passagens. No entanto, a gravidade da Terra pode alterar sua trajetória, e ainda existem incertezas sobre encontros futuros.

4. As Consequências de um Impacto Apocalíptico

O Cenário de Impacto Global

Um impacto de um asteroide ou cometa com mais de 1 km de diâmetro poderia desencadear uma série de desastres globais. O local do impacto enfrentaria a destruição imediata e devastadora, mas as consequências globais seriam ainda mais graves. A ejeção de detritos na atmosfera criaria um inverno de impacto, bloqueando a luz solar e provocando quedas acentuadas de temperatura em todo o mundo. Isso levaria a uma falha nas colheitas, fome em larga escala e um colapso na civilização global.

O Impacto no Meio Ambiente e nas Espécies

Assim como aconteceu na extinção dos dinossauros, as espécies mais vulneráveis seriam as primeiras a desaparecer. O colapso da cadeia alimentar, especialmente para animais maiores e mais dependentes de fontes alimentares específicas, resultaria em extinções em massa. A vida aquática, especialmente nas proximidades do impacto, também sofreria danos severos, com tsunamis de proporções épicas e a acidificação dos oceanos.

5. Tentativas de Prevenção: Desviar Asteroides

Projetos de Desvio de Asteroides

Várias iniciativas estão em andamento para evitar um cenário apocalíptico causado por um impacto. A NASA está desenvolvendo a missão DART (Double Asteroid Redirection Test), cujo objetivo é desviar um asteroide alterando sua trajetória. Em setembro de 2022, a missão atingiu o asteroide Dimorphos, em um teste bem-sucedido para redirecionar sua órbita.

Outras Estratégias de Mitigação

Além do impacto cinético (como no caso da missão DART), outras propostas incluem o uso de lasers para vaporizar parte da superfície de um asteroide, criando um empuxo que o desviaria da Terra. Outra opção seria enviar uma nave espacial para voar ao lado do asteroide, utilizando a atração gravitacional da nave para alterar suavemente sua trajetória ao longo do tempo.

6. Os Cenários Mais Temidos: Supercometas

O Perigo dos Cometas de Longo Período

Embora os asteroides recebam muita atenção, cometas de longo período também representam uma ameaça significativa. Esses corpos celestes, originários das profundezas da Nuvem de Oort, têm órbitas altamente elípticas que os trazem ao Sistema Solar interno apenas em intervalos de milhares de anos. A incerteza sobre suas trajetórias, combinada com a alta velocidade com que se movem, torna-os ainda mais perigosos.

Consequências de um Impacto de Cometa

Um cometa de grande porte viajando a velocidades superiores a 50 km/s teria um impacto devastador. A liberação de energia seria muitas vezes maior que a de um asteroide de tamanho equivalente, tornando as chances de sobrevivência ainda menores. A destruição imediata seria global, com a possibilidade de um "impacto final" capaz de eliminar a maior parte da vida na Terra.

Reflexão Final: Nossa Vulnerabilidade Cósmica

Apesar dos avanços científicos e da tecnologia de monitoramento, a humanidade ainda é vulnerável a desastres de impacto. A qualquer momento, um asteroide ou cometa pode aparecer em nosso caminho, sem aviso prévio, e transformar a Terra em um cenário apocalíptico. Embora tenhamos tomado medidas para mitigar esses riscos, a imprevisibilidade dos eventos cósmicos nos lembra de que, em última análise, somos apenas uma pequena parte de um universo vasto e perigoso.

Capítulo 15
A Ascensão das Máquinas – O Perigo da Inteligência Artificial e a Automatização da Vida

Nos últimos anos, a inteligência artificial (IA) passou de um conceito de ficção científica para uma parte integrante de nossa vida cotidiana. Com a capacidade de processar grandes quantidades de dados, aprender com a experiência e tomar decisões autônomas, a IA traz tanto promessas quanto perigos. À medida que continuamos a desenvolver máquinas cada vez mais inteligentes, a pergunta permanece: até que ponto podemos confiar nelas antes que se tornem uma ameaça apocalíptica?

1. A Evolução da Inteligência Artificial

O Surgimento da IA

A inteligência artificial começou a ser desenvolvida nas décadas de 1950 e 1960, com os primeiros sistemas sendo programados para realizar tarefas específicas. Nos anos 80, surgiram as redes neurais, que imitam o funcionamento do cérebro humano. Desde então, a IA evoluiu rapidamente, tornando-se uma força revolucionária em áreas como medicina, finanças, transporte e entretenimento.

Aprendizado de Máquina e Aprendizado Profundo

O aprendizado de máquina e o aprendizado profundo são subcategorias da IA que permitem que as máquinas aprendam e melhorem suas operações ao longo do tempo. Com o acesso a vastas quantidades de dados, esses algoritmos podem reconhecer padrões, fazer previsões e até mesmo criar conteúdo original. No entanto, essa capacidade traz riscos associados à segurança e à ética.

2. O Impacto da Automatização na Sociedade

O Futuro do Trabalho

A automatização é uma das consequências diretas do avanço da IA, levando a uma reestruturação completa do mercado de trabalho. Profissões tradicionalmente realizadas por humanos, como motoristas, operários de fábricas e até médicos, podem ser substituídas por máquinas. Estima-se que milhões de empregos possam ser eliminados, resultando em um aumento do desemprego e da desigualdade social.

A Desumanização da Vida

À medida que a automatização se torna mais prevalente, a desumanização do trabalho pode resultar em uma sociedade onde os humanos se tornam meros espectadores em suas vidas. A dependência excessiva da tecnologia pode levar à perda de habilidades e à diminuição da interação humana, resultando em um vazio emocional e social.

3. O Potencial Perigoso da IA

Autonomia das Máquinas

Um dos maiores riscos associados à IA é a possibilidade de criar máquinas autônomas que operem sem supervisão humana. O conceito de “IA forte” refere-se a sistemas que não apenas executam tarefas, mas também tomam decisões complexas. O problema surge quando essas decisões não são alinhadas com os valores e interesses humanos, potencialmente levando a consequências catastróficas.

O Dilema Ético da IA

A ética da IA é uma preocupação crescente. Quem é responsável quando uma máquina toma uma decisão errada? A programação de máquinas com valores humanos é um desafio complexo, pois os algoritmos são apenas tão imparciais quanto os dados com os quais são alimentados. O viés algorítmico pode resultar em discriminação e injustiça, exacerbando tensões sociais e divisões.

4. O Perigo de Armas Autônomas

A Revolução Militar

A aplicação da IA nas forças armadas está mudando a forma como os conflitos são travados. Armas autônomas, como drones de combate e sistemas de defesa, estão se tornando comuns. Esses sistemas têm a capacidade de realizar ataques com base em algoritmos sem a necessidade de intervenção humana. O uso de máquinas para tomar decisões de vida ou morte é um território perigoso e eticamente questionável.

O Risco de Guerra Automatizada

A possibilidade de um conflito militar em que as máquinas tomem decisões por conta própria é alarmante. Um erro de programação ou uma falha de comunicação poderia resultar em escaladas indesejadas e até mesmo em guerras globais. A guerra automatizada pode criar uma nova era de destruição, onde a responsabilidade moral é diluída.

5. A Luta Contra a Superinteligência

A Teoria da Singularidade

A Singularidade, um conceito popularizado pelo futurista Ray Kurzweil, refere-se ao ponto em que a inteligência artificial superará a inteligência humana. A partir desse momento, as máquinas poderiam melhorar a si mesmas a uma velocidade exponencial, resultando em um poder além da compreensão humana. O que acontece quando as máquinas se tornam mais inteligentes do que nós?

Os Medos do Futuro

As preocupações com a Singularidade incluem não apenas o controle perdido sobre as máquinas, mas também a possibilidade de que a IA priorize objetivos que não considerem o bem-estar humano. Um futuro em que a IA não tem empatia ou compaixão pode levar a um apocalipse onde a humanidade se torna obsoleta ou até mesmo eliminada.

6. Prevenção e Controle da IA

Diretrizes e Regulamentação

Para reduzir os riscos associados à IA, é fundamental desenvolver diretrizes e regulamentações. Organizações internacionais devem se unir para estabelecer padrões éticos que garantam que a IA seja utilizada de forma responsável e segura. O diálogo entre cientistas, legisladores e a sociedade civil é crucial para moldar o futuro da IA.

A Educação da Próxima Geração

Educar a próxima geração sobre a IA e suas implicações é fundamental. O pensamento crítico, a ética e a tecnologia devem ser parte do currículo educacional. Somente com uma compreensão clara dos benefícios e riscos da IA podemos garantir que as futuras inovações sejam utilizadas para o bem comum.

Reflexão Final: Um Futuro de Esperança ou Temor

A ascensão da inteligência artificial e da automatização apresenta um dilema moral e ético sem precedentes. Se utilizadas de maneira responsável, essas tecnologias têm o potencial de melhorar a vida humana de maneiras que nunca imaginamos. No entanto, a possibilidade de um futuro apocalíptico, resultante do uso irresponsável da IA, é uma realidade que não podemos ignorar. A escolha entre um futuro de esperança e um de temor está nas mãos da humanidade.

Capítulo 16
O Colapso da Biodiversidade
A Extinção em Massa do Século XXI

A Terra sempre foi um lar de uma diversidade impressionante de vida. Desde as florestas tropicais densas até os recifes de coral vibrantes, cada ecossistema é uma tapeçaria complexa de espécies interconectadas. No entanto, nas últimas décadas, a atividade humana tem causado um declínio alarmante da biodiversidade, levando a um cenário de extinção em massa que ameaça não apenas a fauna e a flora, mas também a sobrevivência da própria humanidade.

1. O Que é a Biodiversidade?

Definição e Importância

A biodiversidade refere-se à variedade de formas de vida na Terra, incluindo a diversidade genética, a diversidade de espécies e a diversidade de ecossistemas. Essa diversidade é fundamental para a saúde do planeta, pois mantém os ecossistemas funcionando e proporciona serviços essenciais, como polinização, purificação da água e regulação do clima.

O Papel da Biodiversidade na Sustentabilidade

Ecosistemas diversos e saudáveis são mais resilientes a mudanças ambientais. A perda de biodiversidade resulta em ecossistemas frágeis, incapazes de se adaptar a mudanças climáticas, doenças e outros estresses. Além disso, a biodiversidade é crucial para a agricultura, medicina e pesquisa, sendo uma fonte vital de recursos e inovação.

2. A Extinção em Massa Atual

As Causas da Extinção

A extinção em massa atual é frequentemente referida como a sexta extinção, impulsionada por fatores como:

Destruição de habitat: O desmatamento, a urbanização e a agricultura intensiva estão destruindo os lares de inúmeras espécies. Mudanças climáticas: O aumento das temperaturas e as alterações nos padrões climáticos estão desestabilizando ecossistemas inteiros. Poluição: Contaminantes químicos, plásticos e resíduos afetam a vida aquática e terrestre, causando danos diretos à fauna e flora. Espécies invasoras: A introdução de espécies não nativas em ecossistemas pode levar à competição e extinção de espécies locais.

Estatísticas Alarmantes

De acordo com a Plataforma Intergovernamental sobre Biodiversidade e Serviços Ecossistêmicos (IPBES), cerca de 1 milhão de espécies estão em risco de extinção nas próximas décadas, com taxas de extinção até 100 vezes mais rápidas do que a média histórica. Isso representa um colapso da biodiversidade que pode ter consequências devastadoras para o equilíbrio do planeta.

3. O Impacto nas Espécies

Extinções Notáveis

Nos últimos anos, muitas espécies icônicas entraram em extinção, como:

O rinoceronte-negro: A caça e a perda de habitat levaram à diminuição drástica dessa espécie.

O pombo-passageiro: Uma vez abundante na América do Norte, foi extinto no início do século XX devido à caça excessiva e à destruição de seu habitat.

A rã-de-crista: Com a propagação de uma doença fúngica, essa espécie única da América Central está desaparecendo rapidamente.

Efeitos em Ecossistemas

A extinção de uma única espécie pode desencadear uma reação em cadeia que afeta toda a cadeia alimentar. Por exemplo, a extinção de polinizadores, como abelhas e borboletas, pode resultar na falência de plantas que dependem deles, impactando outras espécies que dependem dessas plantas para sobrevivência.

4. O Papel dos Humanos na Crise de Biodiversidade

A Atividade Humana e Seus Efeitos

As atividades humanas têm sido um fator significativo na perda de biodiversidade. A urbanização, a agricultura extensiva, a pesca excessiva e o desmatamento estão criando pressões insustentáveis sobre os ecossistemas.

O Desafio da Sustentabilidade

Encontrar um equilíbrio entre desenvolvimento humano e preservação ambiental é um dos maiores desafios do século XXI. Políticas de sustentabilidade e conservação precisam ser priorizadas para garantir um futuro viável para as próximas gerações.

5. A Importância da Conservação

Iniciativas de Conservação

Existem várias iniciativas em todo o mundo que buscam proteger e restaurar a biodiversidade. Projetos de reabilitação de habitats, criação de reservas naturais e programas de conservação de espécies têm se mostrado eficazes em algumas áreas. Organizações como a WWF e a Conservação Internacional estão na linha de frente da luta para proteger a biodiversidade.

O Papel da Comunidade

A conservação não é apenas responsabilidade de governos e organizações. Comunidades locais podem desempenhar um papel crucial na proteção da biodiversidade por meio de práticas sustentáveis e do envolvimento em projetos de conservação.

6. O Futuro da Biodiversidade

Inovações e Tecnologia

A tecnologia pode ajudar a enfrentar a crise de biodiversidade. Ferramentas como drones, sensores ambientais e inteligência artificial estão sendo usadas para monitorar ecossistemas e espécies ameaçadas, fornecendo dados valiosos para decisões de conservação.

Educação e Conscientização

A educação sobre a importância da biodiversidade e a promoção de práticas sustentáveis nas escolas e comunidades são fundamentais. A conscientização pode ajudar a mobilizar a sociedade em prol da proteção da natureza.

Reflexão Final: A Necessidade de Ação Imediata

A crise da biodiversidade é uma das questões mais urgentes que enfrentamos hoje. Se não tomarmos medidas imediatas para reverter essa tendência, podemos estar à beira de um colapso ecológico que terá consequências irreversíveis. A luta pela sobrevivência da biodiversidade é uma luta pela nossa própria sobrevivência. Precisamos agir agora para proteger nosso planeta e todas as formas de vida que nele habitam.

Capítulo 17
As Guerras pelo Controle dos Recursos
Conflitos e Escassez em um Mundo em Crise

À medida que a população mundial continua a crescer e os recursos naturais se tornam cada vez mais escassos, a competição por água, alimentos e energia se intensifica. Conflitos armados por recursos têm uma longa história, mas o aumento das mudanças climáticas e a degradação ambiental estão criando um novo cenário de guerras pelo controle dos recursos, colocando a humanidade em um caminho perigoso.

1. A Escassez de Recursos Naturais

O Crescimento Populacional e o Aumento da Demanda

A população global, atualmente superior a 8 bilhões de pessoas, está projetada para atingir 9,7 bilhões até 2050. Esse crescimento coloca uma pressão sem precedentes sobre os recursos naturais, resultando em uma demanda crescente por alimentos, água e energia. A insegurança alimentar e hídrica se tornará um desafio ainda mais significativo nas próximas décadas.

A Degradação Ambiental

As atividades humanas, como a agricultura intensiva, a exploração de recursos e a urbanização, estão degradando o meio ambiente em ritmo alarmante. O desmatamento, a desertificação e a poluição estão reduzindo a capacidade dos ecossistemas de fornecer recursos, exacerbando a escassez.

2. O Papel das Mudanças Climáticas

Conflitos Relacionados ao Clima

As mudanças climáticas estão se tornando um motor importante de conflitos. Eventos climáticos extremos, como secas prolongadas e inundações, estão desestabilizando comunidades e forçando populações a migrar em busca de recursos. A segurança alimentar é ameaçada, levando a revoltas e conflitos civis.

Exemplo da Síria

O conflito na Síria é um exemplo claro de como a escassez de recursos pode desencadear violência. Secas severas entre 2006 e 2010 resultaram na migração em massa de agricultores para áreas urbanas, contribuindo para tensões sociais que culminaram na guerra civil. A degradação ambiental exacerbada por práticas agrícolas insustentáveis foi um fator que contribuiu para o colapso social.

3. As Guerras da Água

O Crescente Conflito Hídrico

A água potável está se tornando um recurso cada vez mais escasso. Conflitos por acesso à água estão se intensificando em várias partes do mundo, incluindo o Oriente Médio, África e partes da Ásia. Rios transfronteiriços, como o Eufrates e o Jordão, tornaram-se fontes de tensão entre nações, onde a competição pelo controle dos recursos hídricos pode levar a conflitos armados.

O Caso do Nilo

O Rio Nilo, que atravessa vários países da África, é um exemplo de disputa hídrica. A construção da Represa da Grande Barragem do Renascimento Etíope (GERD) gerou tensões entre Etiópia, Sudão e Egito, onde cada nação busca garantir seu acesso à água essencial.

A falta de um acordo claro pode resultar em um conflito potencialmente devastador.

4. A Luta pelos Recursos Energéticos

A Competição por Combustíveis Fósseis

Os recursos energéticos, como petróleo e gás natural, continuam a ser um motor de conflitos. A dependência global de combustíveis fósseis gera rivalidades entre países, especialmente em regiões ricas em recursos, como o Oriente Médio. As guerras do petróleo, como a Guerra do Golfo, exemplificam como a luta por controle energético pode levar a conflitos de larga escala.

A Transição Energética e Novos Desafios

À medida que o mundo se volta para fontes de energia renovável, novas disputas podem surgir. A competição por materiais essenciais, como lítio e cobalto, usados em baterias de carros elétricos e tecnologias de energia renovável, está se intensificando. Países com reservas desses recursos podem se tornar alvos de exploração e conflitos.

5. O Impacto dos Conflitos Armados na Sociedade

Consequências Humanitárias

As guerras por recursos não apenas resultam em destruição física, mas também têm impactos humanitários devastadores. A insegurança alimentar e hídrica, deslocamento forçado e violação dos direitos humanos são consequências comuns em regiões afetadas por conflitos.

O Ciclo da Violência

Conflitos armados geram um ciclo de violência que pode durar gerações. Comunidades são desmanteladas, e as estruturas sociais entram em colapso, tornando a reconstrução um desafio ainda maior. A instabilidade resultante pode atrair extremistas e aumentar a violência.

6. A Necessidade de Cooperação Internacional

A Diplomacia dos Recursos

Para evitar que a competição por recursos leve a conflitos, a diplomacia internacional é fundamental. A criação de acordos e tratados que promovam a gestão sustentável dos recursos pode ajudar a aliviar tensões. Organizações internacionais, como a ONU, desempenham um papel crucial nesse processo.

A Importância da Sustentabilidade

A promoção de práticas sustentáveis e a proteção do meio ambiente são essenciais para garantir que os recursos naturais possam atender às necessidades da população em crescimento. Iniciativas que promovem a conservação e a gestão responsável dos recursos devem ser priorizadas.

Reflexão Final: O Caminho a Seguir

As guerras pelo controle dos recursos naturais são uma realidade alarmante do século XXI. À medida que os desafios da escassez de recursos e das mudanças climáticas se intensificam, a humanidade deve agir para evitar conflitos devastadores. A cooperação internacional, a diplomacia e a promoção da sustentabilidade são cruciais para garantir um futuro pacífico e próspero. O que está em jogo não é apenas a sobrevivência de nações, mas a própria sobrevivência da civilização.

Capítulo 18
O Papel da Tecnologia – Inovações e Desafios no Mundo Pós-Apocalíptico

Em um mundo ameaçado por desastres naturais, guerras e crises de recursos, a tecnologia se apresenta como uma espada de dois gumes. Por um lado, inovações tecnológicas têm o potencial de suavizar os efeitos dos apocalipses que enfrentamos; por outro, a dependência excessiva da tecnologia e a forma como a utilizamos podem, de fato, agravar essas crises. Este capítulo explora a dualidade da tecnologia no contexto de um futuro apocalíptico.

1. Tecnologias de Redução aos Desastres

Previsão e Monitoramento

Avanços em tecnologias de previsão, como satélites meteorológicos e sensores de temperatura, permitem que comunidades e governos monitorem desastres naturais em tempo real. Ferramentas como modelagem de clima e inteligência artificial estão se tornando cada vez mais sofisticadas, proporcionando dados críticos que podem salvar vidas durante furacões, inundações e incêndios florestais.

Resposta a Emergências

Sistemas de resposta a emergências têm se beneficiado enormemente de tecnologias avançadas. Drones são usados para avaliar danos em áreas de difícil acesso, enquanto aplicativos móveis permitem que as comunidades se comuniquem rapidamente durante uma crise. Esses recursos podem melhorar a eficácia das operações de resgate e a distribuição de ajuda humanitária.

2. Soluções Sustentáveis e Energias Renováveis

Energias Renováveis

A transição para fontes de energia renovável, como solar e eólica, é uma resposta crucial às mudanças climáticas. Tecnologias modernas tornam a geração de energia limpa mais acessível e eficiente. A instalação de painéis solares em residências e a construção de parques eólicos em larga escala são exemplos de como a tecnologia pode ajudar a reduzir nossa dependência de combustíveis fósseis.

Agricultura de Precisão

A agricultura de precisão utiliza tecnologia para otimizar a produção de alimentos. Sensores, drones e análise de dados ajudam os agricultores a monitorar a saúde das culturas, reduzir o uso de água e pesticidas e aumentar a eficiência. Isso não apenas melhora a produção alimentar, mas também protege os recursos naturais.

3. Desafios da Tecnologia

Desigualdade Digital

Embora a tecnologia tenha o potencial de oferecer soluções, ela também pode exacerbar desigualdades. O acesso desigual à tecnologia — conhecido como a divisão digital — pode deixar comunidades vulneráveis sem os recursos necessários para se protegerem contra desastres ou para se adaptarem às mudanças climáticas.

Dependência Tecnológica

A dependência excessiva de tecnologias também apresenta riscos. Sistemas de tecnologia podem falhar ou ser alvos de ciberataques, colocando em risco a segurança e a funcionalidade de serviços essenciais. Um exemplo notável é o ataque cibernético ao Sistema de Gasodutos Colonial nos Estados Unidos em 2021, que resultou em um colapso temporário do fornecimento de combustível.

4. Ética e Responsabilidade

O Impacto das Tecnologias Emergentes

Tecnologias emergentes, como inteligência artificial, biotecnologia e engenharia genética, trazem benefícios, mas também levantam questões éticas. A manipulação genética em culturas pode aumentar a produção de alimentos, mas também pode ter consequências não intencionais sobre a biodiversidade e a saúde do solo.

Governança e Regulação

Para garantir que a tecnologia sirva ao bem comum, é fundamental que haja um arcabouço regulatório que equilibre inovação com responsabilidade. Governos e organizações precisam trabalhar juntos para estabelecer diretrizes que garantam que as tecnologias sejam desenvolvidas e utilizadas de maneira ética e sustentável.

5. O Futuro da Tecnologia em um Mundo em Crise

Inovações em Sustentabilidade

A inovação contínua será essencial para enfrentar os desafios futuros. Tecnologias emergentes, como a captura de carbono e a economia circular, podem ser ferramentas valiosas na luta contra as mudanças climáticas e a degradação ambiental.

O mundo enfrenta uma série de desafios sem precedentes, como as mudanças climáticas, o esgotamento de recursos e a crescente desigualdade social. Nesse cenário, o futuro da tecnologia desempenhará um papel crucial para determinar se a humanidade será capaz de superar essas crises. Tecnologias emergentes oferecem tanto promessas quanto desafios, e a forma como elas serão implementadas dependerá não apenas de avanços científicos, mas também de um compromisso ético e sustentável.

Captura e Armazenamento de Carbono (CAC): A captura de carbono é uma tecnologia que visa capturar o dióxido de carbono (CO_2) emitido pelas indústrias e outras fontes antes que ele seja liberado na atmosfera. Esse carbono capturado pode então ser armazenado em locais subterrâneos seguros ou utilizado em processos industriais, contribuindo para a redução das emissões de gases de efeito estufa.

Economia Circular: A economia circular é um modelo de produção e consumo que visa eliminar o desperdício, maximizar a reutilização de materiais e estender a vida útil dos produtos. Tecnologias de reciclagem avançada, design ecológico e produção baseada em energia limpa são componentes fundamentais dessa abordagem. A economia circular não só reduz a dependência de recursos finitos, mas também promove um sistema econômico mais equilibrado e sustentável.

Energias Renováveis e Armazenamento: O avanço em fontes de energia renováveis, como solar, eólica e geotérmica, está transformando o setor energético global. No entanto, o verdadeiro desafio reside na armazenagem eficiente de energia, especialmente para garantir um fornecimento estável durante períodos em que a energia solar ou eólica não está disponível. Tecnologias de baterias de longa duração e sistemas de armazenamento em rede estão progredindo rapidamente.

b. O Papel da Educação

A educação e a conscientização sobre o uso responsável da tecnologia são cruciais. A próxima geração deve ser treinada não apenas nas habilidades técnicas, mas também em princípios éticos e sustentáveis que guiarão o uso da tecnologia em um mundo em constante mudança.

Reflexão Final

A Tecnologia como Ferramenta de Esperança

Embora a tecnologia possa exacerbar as crises que enfrentamos, ela também oferece soluções promissoras. Ao integrar inovações de forma ética e sustentável, a humanidade pode transformar desafios em oportunidades. O futuro dependerá de nossa capacidade de utilizar a tecnologia de maneira responsável, garantindo que, em vez de ser uma fonte de destruição, ela se torne uma ferramenta de esperança e reconstrução em um mundo pós-apocalíptico.

Capítulo 19
A Espiritualidade em Tempos de Crise – Buscando Esperança e Propósito

Em um mundo repleto de incertezas e desafios sem precedentes, a espiritualidade emerge como uma fonte de força e consolo para muitos. Ao longo da história, em tempos de crise, as pessoas têm buscado significado e esperança por meio da fé, tradições espirituais e filosofias de vida. Este capítulo examina o papel da espiritualidade durante crises apocalípticas, analisando como diferentes crenças podem ajudar as pessoas a enfrentar as adversidades.

1. A Necessidade de Significado

O Impacto das Crises na Psique Humana

As crises, sejam elas naturais, sociais ou econômicas, podem levar ao desespero e à perda de propósito. A psicologia moderna reconhece que, em tempos de estresse intenso, a busca por significado e conexão espiritual se torna ainda mais intensa. A espiritualidade pode fornecer um senso de propósito, ajudando as pessoas a enfrentar o sofrimento e a incerteza.

O Papel das Tradições Religiosas

Tradições religiosas têm oferecido consolo ao longo dos séculos. Por exemplo, muitas pessoas se voltam para rituais e práticas religiosas durante desastres naturais, buscando uma conexão mais profunda com o divino e um senso de comunidade. A oração, a meditação e a reflexão são formas de encontrar paz interior em meio ao caos.

2. Espiritualidade e Resiliência

A Espiritualidade como Fonte de Força

Diversos estudos sugerem que a espiritualidade pode aumentar a resiliência das pessoas em tempos de crise. Crenças espirituais muitas vezes incentivam as pessoas a verem os desafios como oportunidades de crescimento pessoal e coletivo. Essa perspectiva pode ser vital para a superação de adversidades.

Comunidade e Apoio Social

As comunidades religiosas frequentemente se tornam redes de apoio durante crises. Elas oferecem um espaço para a troca de experiências, recursos e suporte emocional. Em eventos catastróficos, como o furacão Katrina, muitas igrejas e organizações religiosas foram fundamentais na recuperação e ajuda às vítimas.

3. A Espiritualidade e a Natureza

Reconexão com o Ambiente

A espiritualidade muitas vezes envolve uma reconexão com a natureza. A percepção de que a humanidade é parte de um todo maior pode levar a um maior respeito e cuidado pelo meio ambiente. Em tempos de crise ambiental, muitas tradições espirituais enfatizam a importância de proteger a Terra, promovendo práticas sustentáveis e harmoniosas.

O Sagrado e a Terra

Culturas indígenas ao redor do mundo frequentemente veem a Terra como sagrada, uma entidade viva que deve ser respeitada e protegida. Este ponto de vista pode inspirar ações em defesa do meio ambiente e promover a harmonia entre as comunidades e os ecossistemas.

4. O Impacto das Crises na Espiritualidade

Mudanças nas Crenças e Práticas

As crises muitas vezes provocam uma reavaliação das crenças pessoais e coletivas. As pessoas podem se voltar para a espiritualidade de novas maneiras, reexaminando tradições e filosofias. O crescimento do espiritualismo não religioso, que combina elementos de diversas tradições, tem ganhado destaque, refletindo a busca por respostas em um mundo complexo.

A Emergência de Novos Movimentos Espirituais

Em tempos de incerteza, novos movimentos espirituais frequentemente surgem. Esses movimentos podem abordar questões contemporâneas, como justiça social, saúde mental e bem-estar. Muitas vezes, eles se concentram em criar um espaço inclusivo e acolhedor, onde as pessoas podem explorar suas crenças e práticas.

O Futuro da Espiritualidade

Com o avanço das crises globais — ambientais, sociais e econômicas — e a crescente interconexão mundial, a espiritualidade está se tornando um elemento crucial para muitos, não apenas como um caminho de busca interior, mas também como uma forma de promover resiliência, empatia e cooperação. A espiritualidade no futuro poderá se expandir em novas direções, integrando-se profundamente no cotidiano e incentivando a colaboração entre diferentes tradições religiosas para enfrentar os desafios comuns.

Integração da Espiritualidade na Vida Cotidiana

Conforme o mundo enfrenta crises contínuas e o estresse aumenta em nível global, a espiritualidade oferece ferramentas essenciais para melhorar o bem-estar mental e emocional. A espiritualidade cotidiana vai além das práticas religiosas formais e está se expandindo para incluir atividades que trazem equilíbrio, paz interior e um senso de propósito.

Práticas de Mindfulness e Meditação: Em tempos de incerteza, práticas como mindfulness e meditação se tornaram populares formas de cultivar a presença e a calma. Essas técnicas, que antes eram principalmente associadas a tradições espirituais específicas, como o budismo, agora são amplamente aceitas como métodos para reduzir o estresse, melhorar a saúde mental e promover uma visão mais consciente da vida. Cada vez mais, as pessoas estão integrando essas práticas em suas rotinas diárias, seja no trabalho, em casa ou em interações sociais.

Espiritualidade Digital e Conexão Comunitária: Com o advento das plataformas digitais, a espiritualidade também está se adaptando ao espaço virtual. Grupos de meditação online, retiros espirituais virtuais e comunidades de fé se conectam globalmente, oferecendo apoio mútuo e momentos de reflexão compartilhada. Esses espaços digitais estão ajudando a preencher lacunas em tempos de isolamento e promovem um senso de comunidade e pertencimento, mesmo a distância.

Resiliência Emocional e Espiritual: A espiritualidade cotidiana também está se tornando uma ferramenta de resiliência emocional em tempos de crise. À medida que os indivíduos enfrentam perdas, incertezas econômicas e mudanças rápidas no mundo, a busca por propósito e significado pode proporcionar uma âncora emocional, ajudando as pessoas a enfrentarem desafios com mais equilíbrio.

Colaboração Inter-religiosa.

Em um mundo globalizado, a colaboração entre diferentes tradições religiosas e espirituais pode ser uma força poderosa para a paz e a justiça. Movimentos inter-religiosos têm se fortalecido, promovendo o diálogo e a cooperação em questões como a justiça ambiental e a ajuda humanitária.

Reflexão Final: A Esperança em Tempos de Crise

A espiritualidade em tempos de crise oferece um caminho para a esperança e a renovação. Ao buscar significado, conexão e propósito, as pessoas podem encontrar força para enfrentar os desafios do apocalipse contemporâneo. A interseção entre espiritualidade e resiliência não apenas ajuda os indivíduos a superar dificuldades, mas também promove uma abordagem coletiva para a cura e a reconstrução em um mundo fragilizado.

Capítulo 20
A Ética em Tempos de Crise – Decisões Difíceis em um Mundo em Colapso

À medida que o mundo enfrenta desastres naturais, crises sociais e a degradação ambiental, questões éticas emergem como desafios críticos. Em um cenário apocalíptico, as decisões que antes pareciam claras podem se tornar nebulosas, e a linha entre o certo e o errado pode se confundir. Este capítulo explora a ética em tempos de crise, analisando como as pessoas enfrentam dilemas morais e as implicações de suas escolhas.

1. A Natureza dos Dilemas Éticos

O Que São Dilemas Éticos?

Dilemas éticos são situações em que um indivíduo deve escolher entre duas ou mais alternativas, todas com consequências significativas. Em tempos de crise, esses dilemas podem se tornar ainda mais complexos, pois os valores e prioridades podem ser desafiados.

Exemplos de Dilemas Éticos

Por exemplo, durante uma crise de recursos, um líder comunitário pode ter que decidir entre priorizar a distribuição de alimentos para crianças ou idosos. Cada escolha apresenta uma série de implicações éticas, e a pressão para fazer a escolha "certa" pode ser esmagadora.

2. A Moralidade em Tempos de Crise

A Influência das Circunstâncias

A moralidade pode ser influenciada pelo contexto em que as pessoas se encontram. O que pode ser considerado aceitável em tempos normais pode se tornar inaceitável em situações extremas. Por exemplo, em situações de escassez extrema, o roubo de alimentos para a sobrevivência pode ser visto de maneira diferente.

Teorias Éticas e a Tomada de Decisão

Várias teorias éticas, como o utilitarismo e a ética deontológica, oferecem diferentes perspectivas sobre como tomar decisões em tempos de crise. Enquanto o utilitarismo busca o maior bem para o maior número de pessoas, a ética deontológica enfatiza a importância de seguir princípios morais independentemente das consequências.

3. A Questão da Justiça Social

Desigualdade e Acesso a Recursos

Em cenários apocalípticos, a desigualdade social pode ser exacerbada. Grupos marginalizados muitas vezes são os mais afetados pelas crises, levando a questões éticas sobre a justiça na distribuição de recursos. A luta por equidade se torna uma questão central, levantando dilemas sobre como atender às necessidades de todos.

Movimentos por Justiça Social

Movimentos sociais frequentemente emergem em resposta a injustiças. Em tempos de crise, a defesa por justiça social pode se tornar uma prioridade, levando a ações coletivas e à busca por mudança. A ética da solidariedade ganha destaque, incentivando as pessoas a trabalharem juntas para enfrentar desafios comuns.

4. A Ética Ambiental

Responsabilidade Intergeracional

A degradação ambiental levanta questões éticas sobre a responsabilidade das gerações atuais em relação às futuras. A exploração desenfreada dos recursos naturais pode prejudicar o planeta para as gerações futuras, levantando dilemas sobre o que é moralmente aceitável.

O Papel das Empresas e Governos

A ética ambiental não diz respeito apenas a indivíduos, mas também a empresas e governos. A responsabilidade corporativa e a governança ética são essenciais para garantir que as ações tomadas em tempos de crise sejam sustentáveis e justas. A pressão pública muitas vezes leva empresas a adotar práticas mais responsáveis.

5. Tomada de Decisão em Situações Críticas

O Valor da Transparência

Em tempos de crise, a transparência nas decisões é crucial. Líderes e instituições devem comunicar claramente as razões por trás de suas escolhas, promovendo a confiança e o entendimento entre a população. A falta de transparência pode levar a desconfiança e conflito.

A Importância do Diálogo

O diálogo aberto entre diferentes partes interessadas é fundamental para resolver dilemas éticos. A participação da comunidade nas decisões pode levar a soluções mais justas e sustentáveis, ajudando a construir um senso de responsabilidade compartilhada.

Reflexão Final: Navegando em Águas Turbulentas

A ética em tempos de crise é um campo complexo que exige consideração cuidadosa e reflexão. À medida que a humanidade enfrenta desafios sem precedentes, a maneira como abordamos dilemas éticos pode ter um impacto duradouro em nossa sociedade. Tomar decisões morais informadas, promover a justiça social e a responsabilidade ambiental será fundamental para reconstruir um futuro sustentável e ético.

Capítulo 21
A Arte e a Cultura em Tempos de Crise
Expressões da Resiliência Humana

A arte e a cultura têm sido companheiras da humanidade em todos os momentos de sua história, especialmente durante períodos de crise. Quando a sociedade enfrenta desafios, a expressão artística pode emergir como um meio de comunicação, resistência e cura. Este capítulo examina como a arte e a cultura se transformam em tempos de apocalipse, refletindo as realidades e as emoções de um mundo em crise.

Durante períodos de crise, a arte se torna um refúgio emocional, permitindo que as pessoas expressem suas experiências mais profundas de dor, perda, medo ou esperança. Ela serve como uma forma de comunicação entre as pessoas e gerações, traduzindo as realidades difíceis em formas visuais, sonoras ou literárias. Quando as palavras não são suficientes para capturar a magnitude dos eventos, a arte oferece um meio alternativo para transmitir a experiência humana.

Pintura e Escultura: Em tempos de guerra, desastres ou catástrofes, artistas capturam cenas de destruição e sofrimento, não apenas para registrar os eventos, mas também para proporcionar uma reflexão sobre a condição humana. Obras como Guernica, de Pablo Picasso, refletem o horror e a violência, transformando tragédias em símbolos atemporais de resistência.

Música e Performance: A música, em particular, tem uma longa história de servir como veículo de resistência em tempos de crise. Canções de protesto, hinos de resistência ou performances de dança são formas de mobilizar a sociedade e inspirar esperança, mesmo quando tudo parece perdido.

1. A Arte como Reflexo da Realidade

O Papel da Arte em Crises Históricas

Desde a Idade Média, a arte tem sido usada para comentar e refletir sobre crises sociais, políticas e ambientais. Obras de arte, literatura e música frequentemente capturam o desespero, a esperança e a luta pela sobrevivência. Por exemplo, durante a Grande Depressão, muitos artistas retrataram a pobreza e a injustiça social em suas obras, como visto nas fotografias de Dorothea Lange.

Representações da Luta e da Resiliência

Em tempos de crise, a arte pode representar a luta pela sobrevivência e a busca por justiça. Artistas podem usar suas plataformas para dar voz aos marginalizados, questionar normas sociais e inspirar ação. Movimentos artísticos, como o expressionismo, frequentemente surgem em resposta a condições sociais difíceis, expressando emoções intensas e desespero.

2. A Cultura como Agente de Mudança

A Influência da Música

A música é uma forma poderosa de expressar emoções e unir comunidades. Em momentos de crise, canções de protesto e músicas inspiradoras frequentemente emergem. Por exemplo, durante o movimento dos direitos civis nos Estados Unidos, músicas como "We Shall Overcome" se tornaram hinos de esperança e resistência.

O Cinema como Reflexão Social

O cinema também desempenha um papel importante na representação de crises. Filmes que retratam desastres naturais, guerras e crises sociais não apenas informam o público, mas também provocam discussões e reflexões sobre a condição humana. Filmes como "Filhos da Esperança" exploram cenários distópicos, levando o público a refletir sobre questões de sobrevivência e esperança.

3. A Arte como Terapia

A Cura Através da Expressão Criativa

Durante crises, a arte pode atuar como uma forma de terapia, permitindo que indivíduos processem suas experiências. A prática de arte-terapia tem se mostrado eficaz em ajudar pessoas a lidarem com traumas e estresse, promovendo a cura emocional e mental.

Comunidades de Apoio

A arte também pode unir comunidades. Atividades artísticas coletivas, como murais e apresentações, podem oferecer um espaço seguro para expressão e apoio mútuo, ajudando as comunidades a se reconectarem em momentos de dificuldade.

4. A Inovação Cultural em Tempos de Crise

Novas Formas de Expressão

Em tempos de crise, novas formas de arte e cultura frequentemente emergem. As limitações impostas por desastres ou pandemias podem incentivar a criatividade e a inovação, resultando em novas abordagens artísticas. Por exemplo, durante a pandemia de COVID-19, muitas performances e exposições foram adaptadas para o formato digital, expandindo o alcance da arte.

A Intersecção entre Tecnologia e Arte

A tecnologia também desempenha um papel importante na evolução da arte em tempos de crise. A utilização de mídias digitais, realidade virtual e redes sociais permite que artistas alcancem públicos mais amplos e criem novas experiências interativas. Essa intersecção entre arte e tecnologia pode oferecer novas maneiras de engajamento e expressão.

5. O Futuro da Arte e Cultura em um Mundo em Crise

A Continuidade da Criatividade

A criatividade humana é resiliente e adaptativa. Mesmo em face de desafios imensos, a arte e a cultura continuarão a evoluir, refletindo as experiências da sociedade. O que surge dessa criatividade pode ser uma forma poderosa de resistência e esperança.

A Importância do Apoio à Arte

O apoio a artistas e iniciativas culturais se torna essencial em tempos de crise. Investir em arte e cultura não é apenas um luxo; é uma necessidade para a saúde mental e emocional da sociedade. Governos, organizações e indivíduos podem desempenhar papéis cruciais no fomento à criatividade e à expressão artística.

Reflexão Final: A Arte como Faro de Esperança

A arte e a cultura oferecem um espaço vital para a expressão humana em tempos de crise. Elas não apenas refletem as lutas e as esperanças da humanidade, mas também servem como catalisadores para a mudança social e a cura. À medida que o mundo enfrenta desafios, a criatividade humana continua a brilhar como um farol de esperança, mostrando que, mesmo em meio à escuridão, a beleza e a resiliência podem florescer.

DS

Capítulo 22
O Papel da Ciência e da Tecnologia
Enfrentando o Apocalipse

À medida que a humanidade enfrenta crises globais, como mudanças climáticas, pandemias e desastres naturais, o papel da ciência e da tecnologia torna-se cada vez mais vital. Este capítulo examina como as inovações científicas e tecnológicas têm ajudado a aliviar os impactos dessas crises, promovendo soluções sustentáveis e preparando o caminho para um futuro mais resiliente.

1. A Ciência como Base do Conhecimento

O Método Científico

O método científico tem sido fundamental na compreensão e no enfrentamento dos desafios que a humanidade enfrenta. Através da observação, experimentação e análise, a ciência nos fornece um entendimento mais profundo das causas e consequências dos desastres apocalípticos, permitindo a formulação de estratégias eficazes.

Exemplos de Avanços Científicos

Por exemplo, a pesquisa sobre mudanças climáticas tem revelado os impactos do aquecimento global e a necessidade urgente de ação. Estudos sobre a acidificação dos oceanos, o derretimento das calotas polares e a perda de biodiversidade têm sido fundamentais para alertar a sociedade sobre as consequências de nossas ações.

2. Inovações Tecnológicas em Resposta a Crises

Tecnologia de Monitoramento e Prevenção

Avanços em tecnologia de monitoramento, como sensores e sistemas de previsão, têm sido essenciais para a mitigação de desastres naturais. Tecnologias de sensoriamento remoto e modelagem climática permitem prever eventos extremos, como furacões e inundações, dando às comunidades a chance de se prepararem adequadamente.

Resposta a Pandemias

A recente pandemia de COVID-19 destacou o papel crucial da ciência na saúde pública. O desenvolvimento de vacinas em tempo recorde, utilizando tecnologias inovadoras como a mRNA*, demonstrou como a ciência pode responder rapidamente a emergências de saúde, salvando vidas e permitindo que as sociedades se recuperem mais rapidamente.

3. Sustentabilidade e Tecnologias Verdes

Inovações Sustentáveis

A ciência e a tecnologia têm um papel fundamental na promoção da sustentabilidade. Inovações em energias renováveis, como solar e eólica, têm o potencial de reduzir nossa dependência de combustíveis fósseis e minimizar o impacto das mudanças climáticas.

---

mRNA (RNA mensageiro) é uma molécula que transporta instruções genéticas do DNA nas células para as fábricas de proteínas (ribossomos), onde as proteínas necessárias para o funcionamento do corpo são produzidas. Essa molécula é fundamental no processo de síntese de proteínas e está no centro de algumas das mais recentes inovações médicas.

Agricultura Sustentável

A tecnologia também está transformando a agricultura. Práticas como a agricultura de precisão e a biotecnologia estão ajudando os agricultores a produzir alimentos de forma mais eficiente e sustentável, reduzindo o uso de pesticidas e conservando recursos hídricos.

4. O Desafio da Desinformação

O Impacto da Desinformação

Em tempos de crise, a desinformação pode ser tão prejudicial quanto a própria crise. A disseminação de informações falsas, especialmente em relação à saúde e ao meio ambiente, pode levar a decisões prejudiciais e à desconfiança nas instituições científicas.

Combate à Desinformação

A promoção do pensamento crítico e da alfabetização científica é essencial para combater a desinformação. Iniciativas educacionais que capacitam as pessoas a entenderem e avaliarem informações científicas podem fortalecer a resiliência da sociedade em tempos de crise.

5. A Importância da Colaboração Científica

Trabalho em Rede

A colaboração entre cientistas, governos e comunidades é fundamental para enfrentar crises globais. O compartilhamento de dados e experiências entre diferentes países e disciplinas pode acelerar a descoberta de soluções eficazes e promover uma resposta mais coordenada.

Iniciativas Globais

Iniciativas como o Acordo de Paris sobre mudanças climáticas exemplificam como a colaboração internacional é necessária para enfrentar desafios que transcendem fronteiras. O trabalho conjunto em pesquisas e políticas pode levar a soluções inovadoras e sustentáveis.

6. O Futuro da Ciência e da Tecnologia

A Inovação Contínua

À medida que avançamos para um futuro incerto, a ciência e a tecnologia continuarão a ser instrumentos cruciais na busca por soluções. A pesquisa em áreas emergentes, como inteligência artificial e biotecnologia, oferece novas oportunidades para enfrentar desafios complexos.

A Necessidade de Ética na Ciência

No entanto, é fundamental que a inovação seja acompanhada por considerações éticas. Questões relacionadas à privacidade, justiça social e responsabilidade devem ser abordadas à medida que a tecnologia avança, garantindo que os benefícios sejam acessíveis a todos.

Reflexão Final: A Esperança na Ciência e na Tecnologia

"A Esperança na Ciência e na Tecnologia," destaca o papel essencial que a ciência e a tecnologia desempenham na resposta aos grandes desafios globais e às crises apocalípticas. Ao longo da história humana, essas áreas têm sido fundamentais para nosso progresso e sobrevivência, oferecendo não apenas soluções práticas para problemas urgentes, mas também abrindo novos caminhos para um futuro sustentável.

A reflexão nos convida a reconhecer que a ciência nos dá as ferramentas necessárias para entender os fenômenos que ameaçam nossa existência — como as mudanças climáticas, os desastres naturais e as pandemias. A tecnologia, por sua vez, oferece soluções práticas para reduzir esses efeitos, desde sistemas de energia limpa e tecnologias de mitigação de desastres até avanços médicos que melhoram a qualidade de vida em meio a crises.

Entretanto, o texto ressalta um ponto crucial: o progresso tecnológico precisa ser acompanhado de responsabilidade e ética. Inovações sem uma direção moral clara podem levar à destruição em vez de à salvação. Portanto, o uso responsável dessas ferramentas é imperativo para garantir que as soluções oferecidas pela ciência e tecnologia contribuam para um futuro seguro, equilibrado e sustentável.

Essa reflexão finaliza com uma mensagem de esperança, indicando que, apesar dos desafios apocalípticos que a humanidade enfrenta, há uma luz no caminho. Essa luz é a promessa de que, ao alinhar nosso progresso com a responsabilidade e a ética, podemos criar um futuro onde as gerações vindouras herdem um mundo habitável e resiliente, em que ciência e tecnologia servem como pilares da nossa sobrevivência e prosperidade.

Capítulo 23
O Papel da Comunidade
Coletividade em Tempos de Crise

À medida que o mundo enfrenta crises sem precedentes, o papel das comunidades se torna mais crucial do que nunca. Em tempos de apocalipse, a solidariedade e a colaboração são fundamentais para a sobrevivência e a resiliência. Este capítulo investiga como a coletividade pode ser uma poderosa força em tempos de crise, promovendo a ação conjunta e o apoio mútuo.

1. A Importância da Comunidade

Redes de Apoio

As comunidades são redes de apoio que podem ajudar seus membros a enfrentar desafios. Durante crises, essas redes se tornam essenciais, fornecendo recursos, apoio emocional e assistência prática. A solidariedade entre os membros da comunidade pode ajudar a suavizar os impactos de desastres e adversidades.

Exemplos Históricos

Historicamente, comunidades têm se mobilizado em tempos de crise. Durante a Grande Depressão, muitas comunidades se uniram para compartilhar recursos e ajudar aqueles que estavam em dificuldades financeiras. Esses esforços de coletividade demonstram como a união pode fazer a diferença em tempos de necessidade.

2. Mobilização Comunitária em Crises

Resposta a Desastres Naturais

Quando desastres naturais ocorrem, as comunidades frequentemente são as primeiras a responder. Grupos de voluntários organizam esforços de socorro, fornecendo alimentos, abrigo e assistência médica. Essas iniciativas comunitárias não apenas ajudam a aliviar o sofrimento imediato, mas também fortalecem os laços sociais.

Iniciativas de Apoio Comunitário

Iniciativas como hortas comunitárias, grupos de troca de habilidades e bancos de alimentos demonstram como a colaboração pode criar soluções sustentáveis. Essas práticas não apenas atendem às necessidades imediatas, mas também promovem a resiliência a longo prazo.

3. A Força da Solidariedade

Construindo Relações de Confiança

A solidariedade é a base das comunidades resilientes. Construir relacionamentos de confiança entre os membros da comunidade é essencial para que as pessoas se sintam à vontade para buscar ajuda e oferecer apoio. Essa confiança se torna ainda mais vital em tempos de crise.

O Papel da Inclusão

A inclusão de diversas vozes e perspectivas é fundamental para a construção de comunidades fortes. Grupos marginalizados muitas vezes enfrentam desafios adicionais durante crises, e garantir que suas vozes sejam ouvidas é crucial para uma resposta equitativa e eficaz.

4. Educação e Conscientização

Fortalecimento da Comunidade

A educação é um componente-chave para fortalecer comunidades. Programas de conscientização sobre os riscos associados a desastres naturais, mudanças climáticas e saúde pública podem capacitar os membros da comunidade a se prepararem e a responderem de maneira eficaz.

Capacitação através do Conhecimento

A disseminação de informações sobre como agir em situações de emergência, bem como o desenvolvimento de habilidades práticas, pode aumentar a capacidade da comunidade de enfrentar crises. Workshops e treinamentos comunitários podem fazer uma grande diferença em momentos de necessidade.

5. O Papel da Tecnologia na Mobilização Comunitária

Ferramentas Digitais

As ferramentas digitais têm desempenhado um papel significativo na mobilização comunitária, especialmente durante crises. Redes sociais e plataformas de comunicação permitem que os membros da comunidade se conectem, compartilhem informações e organizem esforços de ajuda de maneira rápida e eficiente.

Iniciativas de Crowdfunding (financiamento coletivo)

Plataformas de crowdfunding têm se tornado populares para arrecadar fundos para iniciativas comunitárias e esforços de socorro. Esses recursos podem ser direcionados para apoiar aqueles que mais precisam durante crises, mostrando como a tecnologia pode facilitar a solidariedade.

6. A Visão para o Futuro

Comunidades Resilientes

Construir comunidades resilientes é uma tarefa contínua que exige esforço e compromisso. A promoção da colaboração, solidariedade e inclusão ajudará a preparar as comunidades para enfrentar desafios futuros. Investir em redes comunitárias fortalecerá a capacidade de resposta em tempos de crise.

O Legado da Coletividade

As lições aprendidas durante períodos de crise podem moldar a cultura comunitária para o futuro. A experiência adquirida em tempos difíceis pode levar a uma maior apreciação pela coletividade e a um compromisso renovado em trabalhar juntos para o bem comum.

Reflexão Final: A Força da Coletividade

Em tempos de crise, a coletividade se torna uma força poderosa. As comunidades que se unem em solidariedade, apoiando-se mutuamente e colaborando em ações práticas, são capazes de enfrentar desafios com resiliência e determinação. À medida que o mundo continua a lidar com incertezas, a força das comunidades será um elemento crucial para a sobrevivência e a reconstrução.

Capítulo 24
A Interseção entre Ciência, Religião e Espiritualidade – Buscando Respostas em Tempos de Crise

À medida que o mundo enfrenta crises globais e desafios apocalípticos, as questões existenciais e espirituais se tornam mais prementes. A interseção entre ciência e espiritualidade tem sido um campo de debate e curiosidade ao longo da história, mas, à medida que a sociedade avança, estamos vendo um aumento no diálogo entre essas duas áreas, anteriormente consideradas incompatíveis. Muitos agora percebem que a ciência e a espiritualidade podem se complementar em vez de se oporem, oferecendo uma compreensão mais profunda da existência e da natureza da realidade.

Novas Abordagens

Conforme a sociedade evolui, novas formas de integrar ciência e espiritualidade estão surgindo, permitindo que as pessoas busquem uma visão mais holística da realidade. Essas abordagens propõem que ciência e espiritualidade podem coabitar, cada uma oferecendo respostas a diferentes aspectos da vida.

Neurociência e Meditação: Um exemplo claro dessa interseção é o estudo da neurociência em relação à meditação e práticas espirituais, como o mindfulness. Pesquisas científicas têm mostrado que a meditação pode alterar positivamente o cérebro, ajudando a reduzir o estresse e promovendo o bem-estar mental. Isso demonstra como uma prática com raízes espirituais pode ser compreendida e validada através da ciência moderna.

Física Quântica e Consciência: A física quântica também se tornou uma área de interesse para aqueles que exploram a interseção entre ciência e espiritualidade. Alguns teóricos sugerem que o comportamento das partículas subatômicas e as implicações dos fenômenos quânticos levantam questões que se alinham com conceitos espirituais, como a interconectividade do universo e a importância da consciência na percepção da realidade.

Medicina Integrativa: Outra nova abordagem surge na área da medicina integrativa, que combina tratamentos médicos tradicionais com práticas espirituais e holísticas. Essa abordagem tem como objetivo tratar o corpo, a mente e o espírito de maneira equilibrada, reconhecendo que a saúde física e mental também está ligada ao bem-estar espiritual e emocional.

1. A Busca por Significado

Crises como Catalisadores de Reflexão

As crises frequentemente levam as pessoas a questionar o propósito da vida e o significado do sofrimento. A dor e a incerteza podem desencadear uma busca por respostas que vão além do que a ciência pode oferecer. Isso pode levar muitos a se voltarem para a espiritualidade e a religião em busca de consolo.

A Experiência do Sagrado

A experiência do sagrado pode fornecer um sentido de pertencimento e conexão em tempos difíceis. A espiritualidade pode ser uma fonte de esperança e força, permitindo que os indivíduos encontrem significado nas adversidades e fortaleçam sua resiliência emocional.

2. A Perspectiva Científica

A Ciência e a Realidade

A ciência oferece uma compreensão objetiva do mundo, baseada em evidências e experimentação. Durante crises, como pandemias e desastres naturais, a ciência é crucial para identificar causas, prever consequências e desenvolver soluções práticas. Contudo, muitas vezes pode parecer que a ciência não responde a questões mais profundas sobre a dor e a injustiça.

A Limitação da Ciência

Enquanto a ciência pode explicar fenômenos naturais, ela não pode fornecer respostas sobre o propósito da vida ou o sentido do sofrimento humano. Isso cria um espaço onde a religião e a espiritualidade podem preencher lacunas, oferecendo consolo e esperança.

3. O Diálogo entre Ciência e Religião

Perspectivas Complementares

A interseção entre ciência e religião não precisa ser uma batalha, mas sim um diálogo. Enquanto a ciência busca entender o "como" do mundo, a religião pode abordar o "porquê". Essa complementaridade pode enriquecer a experiência humana, ajudando as pessoas a fazer sentido de suas vidas e de suas lutas.

Exemplos de Diálogo

Diversos pensadores e líderes espirituais têm promovido um diálogo entre ciência e religião. A teologia da criação, por exemplo, busca reconciliar a compreensão científica da evolução com a crença em um Criador. Esse diálogo pode resultar em um entendimento mais profundo e holístico da experiência humana.

4. Espiritualidade em Tempos de Crise

Práticas Espirituais e Bem-Estar

Em tempos de crise, práticas espirituais, como meditação, oração e rituais comunitários, podem fornecer conforto e ajudar as pessoas a lidarem com o estresse e a ansiedade. Essas práticas podem promover um senso de paz interior e esperança.

O Papel das Comunidades Religiosas

As comunidades religiosas muitas vezes desempenham um papel vital em momentos de crise, oferecendo apoio emocional e prático. Elas podem ser uma fonte de recursos e assistência, promovendo a solidariedade e o apoio mútuo entre os membros da comunidade.

5. A Questão do Sofrimento e da Injustiça

Teodiceia

A questão do sofrimento e da injustiça é uma das mais complexas enfrentadas tanto pela ciência quanto pela religião. A teodiceia, o estudo de como um Deus benevolente pode permitir o sofrimento, é um tema recorrente em discussões espirituais. Essa questão é especialmente relevante em tempos de crise, quando o sofrimento humano é evidente.

Reflexões Teológicas

Algumas tradições religiosas sugerem que o sofrimento pode ter um propósito, como promover o crescimento espiritual ou a compaixão. Outros argumentam que a presença do mal no mundo é um mistério que pode nunca ser completamente compreendido.

6. O Futuro da Interseção entre Ciência e Espiritualidade

Novas Abordagens

À medida que a sociedade evolui, novas abordagens para a interseção entre ciência e espiritualidade estão surgindo. Muitas pessoas estão buscando maneiras de integrar conhecimento científico e práticas espirituais, criando uma visão mais abrangente da realidade.

A Importância do Diálogo

O diálogo entre ciência e religião é mais importante do que nunca. À medida que enfrentamos crises globais, é essencial que as diferentes perspectivas sejam ouvidas e respeitadas, promovendo uma compreensão mútua e colaborativa.

Reflexão Final: A Esperança na Diversidade

A interseção entre ciência, religião e espiritualidade pode oferecer uma riqueza de insights e perspectivas em tempos de crise. A busca por significado, consolo e compreensão é uma experiência humana universal. À medida que enfrentamos desafios apocalípticos, a colaboração entre esses campos pode fornecer esperança e inspiração, ajudando-nos a navegar em um mundo complexo e incerto.

Social Media

Capítulo 25
O Impacto das Redes Sociais – Informações e Desinformação em Tempos de Crise

As redes sociais transformaram a maneira como as informações são compartilhadas e consumidas. Em tempos de crise, seu papel se torna ainda mais complexo, podendo tanto informar e unir as pessoas quanto propagar desinformação e medo. Este capítulo investiga como as redes sociais influenciam a percepção e a resposta a crises apocalípticas.

1. O Poder da Informação Instantânea

A Disseminação Rápida de Informações

As redes sociais permitem que as informações sejam compartilhadas instantaneamente, alcançando milhões de pessoas em questão de minutos. Isso pode ser crucial durante crises, onde a disseminação de informações vitais sobre segurança, saúde e assistência é necessária.

Exemplos de Resposta Rápida

Durante a pandemia de COVID-19, as redes sociais foram utilizadas para compartilhar diretrizes de saúde pública, informações sobre vacinas e atualizações sobre a situação da doença. Organizações de saúde e governos usaram essas plataformas para informar e educar o público.

2. A Desinformação como Desafio

O Crescimento da Desinformação

No entanto, o acesso fácil à informação também levou ao crescimento da desinformação. Notícias falsas e teorias da conspiração podem se espalhar rapidamente, confundindo o público e dificultando a tomada de decisões informadas.

b. Casos Notáveis de Desinformação

Durante crises, como desastres naturais e pandemias, informações incorretas podem ter consequências devastadoras. Exemplos incluem alegações falsas sobre tratamentos de saúde, o que pode levar as pessoas a tomarem decisões prejudiciais que colocam suas vidas em risco.

3. A Psicologia das Redes Sociais

Comportamento Humano

As redes sociais exploram a psicologia humana, incentivando o compartilhamento de informações que geram emoções fortes, como medo e raiva. Isso pode resultar em um ciclo de desinformação, onde notícias sensacionalistas são amplamente compartilhadas, independentemente de sua veracidade.

O Papel dos Influenciadores

Influenciadores e figuras públicas desempenham um papel significativo na formação de opiniões nas redes sociais. Suas declarações podem ter um impacto profundo na maneira como as informações são percebidas e disseminadas, tornando-os uma força poderosa, tanto positiva quanto negativa.

4. A Responsabilidade das Plataformas

Políticas de Combate à Desinformação

As plataformas de redes sociais têm a responsabilidade de combater a desinformação. Isso pode incluir a implementação de políticas que visem identificar e remover conteúdo enganoso, além de promover informações de fontes confiáveis.

b. Exemplos de Iniciativas

Iniciativas como a verificação de fatos e a rotulagem de informações não verificadas são algumas das maneiras pelas quais as plataformas têm tentado lidar com a disseminação de desinformação. No entanto, a eficácia dessas medidas é frequentemente debatida.

5. O Papel das Comunidades

A Importância da Educação

A educação sobre o consumo responsável de informações é crucial. Capacitar as comunidades a identificar fontes confiáveis e a questionar informações antes de compartilhá-las pode ajudar a mitigar o impacto da desinformação.

Colaboração para Combater a Desinformação

Iniciativas comunitárias que promovem a alfabetização midiática e o pensamento crítico podem ser eficazes na luta contra a desinformação. Comunidades que se unem para educar seus membros podem criar uma rede de suporte que fortalece a resistência contra notícias falsas.

6. O Futuro das Redes Sociais em Tempos de Crise

Desafios e Oportunidades

À medida que continuamos a depender das redes sociais para comunicação e informação, será necessário enfrentar os desafios associados à desinformação. Ao mesmo tempo, essas plataformas oferecem oportunidades únicas para promover a conscientização e a solidariedade em tempos de crise.

Desafios e Oportunidades

À medida que a sociedade se torna mais dependente das redes sociais para comunicação e acesso à informação, é essencial abordar tanto os obstáculos quanto os potenciais benefícios que essas plataformas oferecem em tempos de crise.

Desafios

Desinformação e Fake News: Um dos maiores desafios das redes sociais é a proliferação de desinformação e fake news, que podem se espalhar rapidamente em momentos de crise. A falta de verificação de fatos, a rapidez com que as informações são compartilhadas e os algoritmos que priorizam o engajamento sobre a precisão contribuem para um ambiente onde rumores e notícias falsas podem confundir e alarmar o público.

Exemplo: Durante a pandemia de COVID-19, as redes sociais foram inundadas com informações enganosas sobre tratamentos falsos, teorias de conspiração sobre a origem do vírus e desinformação sobre vacinas. Isso gerou desconfiança na ciência e nos sistemas de saúde, tornando o combate à pandemia ainda mais difícil. Polarização e Discurso de Ódio: Redes sociais também podem amplificar a polarização social e política, levando ao aumento do discurso de ódio, divisões e tensões em tempos de crise. Grupos extremistas podem usar as plataformas para propagar mensagens de intolerância, agravando conflitos sociais.

Falta de Regulação: A ausência de regulação adequada e a dificuldade de moderar grandes volumes de conteúdo também representam um desafio. As plataformas muitas vezes lutam para equilibrar a liberdade de expressão com a necessidade de remover conteúdo prejudicial e garantir a segurança online.

A Evolução das Redes Sociais

A evolução das redes sociais e o surgimento de novas plataformas podem mudar a forma como as informações são compartilhadas.

É fundamental que as comunidades e os indivíduos se adaptem a essas mudanças, mantendo-se informados e críticos em relação ao conteúdo que consomem e compartilham.

Reflexão Final: A Dualidade das Redes Sociais

As redes sociais desempenham um papel complexo em tempos de crise, oferecendo tanto oportunidades quanto desafios. Elas podem ser uma ferramenta poderosa para a disseminação de informações e a construção de comunidades, mas também podem propagar desinformação e medo. À medida que navegamos em um mundo cada vez mais interconectado, é crucial cultivar uma cultura de responsabilidade e pensamento crítico nas redes sociais, garantindo que a verdade prevaleça em meio à tempestade de informações.

Capítulo 26
A Resiliência da Natureza
Regeneração e Esperança em Tempos de Crise

À medida que o mundo enfrenta crises apocalípticas, uma das verdades fundamentais é a resiliência da natureza. Apesar das destruições causadas por desastres naturais e atividades humanas, a capacidade da Terra de se regenerar e de se adaptar é uma fonte de esperança. Este capítulo examina como a natureza pode se recuperar e como essa regeneração pode oferecer lições valiosas para a humanidade.

1. A Resiliência Natural

Ciclos de Recuperação

A natureza tem uma capacidade notável de se recuperar de eventos catastróficos. Ecossistemas que sofreram danos severos podem passar por ciclos de recuperação que, em muitos casos, resultam em uma biodiversidade ainda maior. Isso demonstra a força intrínseca da natureza e sua capacidade de se reinventar.

Exemplos de Regeneração

Um exemplo famoso é o Parque Nacional de Yellowstone, que, após a erupção de um supervulcão há milhares de anos, se regenerou de forma impressionante. Novas espécies surgiram, e os ecossistemas se restabeleceram, mostrando a capacidade da natureza de se adaptar e prosperar após uma catástrofe.

2. O Papel da Biodiversidade

A Importância da Diversidade

A biodiversidade é crucial para a resiliência ecológica. Ecossistemas diversos são mais capazes de se adaptar a mudanças e estressores, como mudanças climáticas e desastres naturais. A perda de biodiversidade, por outro lado, pode deixar os ecossistemas vulneráveis a colapsos.

Iniciativas de Conservação

Iniciativas de conservação em todo o mundo buscam proteger e restaurar a biodiversidade. Projetos que visam reintroduzir espécies extintas ou em perigo podem ajudar a fortalecer ecossistemas e promover a saúde ambiental.

3. O Impacto das Mudanças Climáticas

Desafios e Oportunidades

As mudanças climáticas representam um desafio significativo para a resiliência da natureza. No entanto, também oferecem oportunidades para que os ecossistemas se adaptem e evoluam. A capacidade de algumas espécies de se adaptarem a condições climáticas extremas é um testemunho da força da vida.

Ecossistemas em Transformação

Por exemplo, os recifes de coral estão passando por transformações significativas devido ao aquecimento das águas. Embora muitos recifes estejam em perigo, alguns têm mostrado uma notável capacidade de adaptação, como a mudança para espécies mais resistentes ao calor.

4. O Papel da Espiritualidade na Natureza

Conexão com a Terra

Muitas tradições espirituais ensinam a importância de respeitar e proteger a natureza. Essa conexão espiritual pode inspirar ações que promovem a preservação ambiental e a regeneração dos ecossistemas.

Práticas de Sustentabilidade

Movimentos que integram espiritualidade e sustentabilidade têm surgido, enfatizando a importância de viver em harmonia com a natureza. Essas práticas podem incluir desde a agricultura regenerativa até a promoção de estilos de vida mais sustentáveis.

5. A Esperança da Regeneração

Histórias de Sucesso

Em diversas partes do mundo, histórias de regeneração ambiental oferecem esperança. Projetos de replantio de florestas, restauração de áreas úmidas e revitalização de rios têm mostrado como a ação humana pode ajudar a restaurar ecossistemas danificados.

Comunidades e Regeneração

Comunidades que se unem para proteger seu ambiente local podem ter um impacto significativo. A recuperação de áreas degradadas muitas vezes é liderada por iniciativas comunitárias, mostrando como a colaboração pode resultar em mudanças positivas.

6. Aprendendo com a Natureza

A natureza tem sido um mestre poderoso para a humanidade, oferecendo exemplos contínuos de resiliência, adaptação e colaboração. Ao observar como os ecossistemas prosperam e sobrevivem diante de desafios constantes, podemos extrair lições valiosas que podem ser aplicadas à nossa sociedade, especialmente em tempos de crise. A resiliência que a natureza demonstra em seus processos de regeneração, adaptação e interconectividade pode inspirar abordagens mais sustentáveis e colaborativas para os desafios globais.

Lições de Resiliência

A resiliência natural está presente em todos os níveis da vida na Terra. Desde as florestas que se regeneram após incêndios devastadores até as pequenas formas de vida que se adaptam a ambientes extremos, a natureza oferece inúmeros exemplos de como sobreviver e prosperar diante de dificuldades. Essas lições podem ser aplicadas à sociedade humana, tanto em tempos de crise quanto na construção de um futuro mais sustentável.

Adaptação às Mudanças: A natureza nos ensina a adaptar-se rapidamente às mudanças do ambiente. Espécies evoluem para sobreviver em novos climas, ecossistemas ajustam-se após distúrbios, e formas de vida se transformam para garantir sua sobrevivência. Da mesma forma, a humanidade deve aprender a ser mais flexível e adaptável às novas realidades impostas por crises globais, como as mudanças climáticas e as pandemias. A capacidade de mudar práticas, comportamentos e estruturas sociais é essencial para garantir a resiliência das populações humanas.

Iniciativas de Educação Ambiental

A educação ambiental pode desempenhar um papel fundamental na promoção da resiliência. Programas que ensinam sobre ecologia, sustentabilidade e conservação ajudam a formar uma nova geração de defensores do meio ambiente.

Reflexão Final: Um Futuro de Esperança

A resiliência da natureza é uma fonte de esperança em tempos de crise. Apesar das adversidades, a capacidade da Terra de se regenerar e adaptar nos lembra que, mesmo diante do apocalipse, há sempre a possibilidade de renascimento. Ao aprendermos com a natureza e adotarmos práticas que promovam a sustentabilidade, podemos construir um futuro onde a harmonia entre a humanidade e o meio ambiente seja uma realidade.

Capítulo 27
A Dimensão Psicológica do Apocalipse
O Impacto Emocional dos Desastres Naturais

Os desastres naturais não afetam apenas o ambiente físico, mas também têm um impacto profundo na saúde mental e emocional das pessoas. À medida que a humanidade enfrenta crises apocalípticas, é fundamental compreender como essas experiências podem moldar a psicologia individual e coletiva.

1. O Trauma dos Desastres

Definição de Trauma

O trauma é uma resposta emocional a um evento profundamente perturbador ou a um conjunto de experiências que ameaçam a vida, a segurança ou o bem-estar. Desastres naturais, como terremotos, furacões e incêndios florestais, podem causar traumas significativos nas comunidades afetadas.

Quando uma catástrofe natural ocorre, como um terremoto, tsunami ou furacão, as pessoas enfrentam uma série de respostas psicológicas imediatas que podem variar em intensidade e duração. No entanto, em eventos de escala apocalíptica, essas reações são amplificadas, afetando a capacidade das pessoas de lidar com a realidade.

Exemplos de Trauma

Pessoas que vivenciaram eventos traumáticos frequentemente experimentam uma variedade de respostas emocionais, que podem incluir medo, ansiedade, tristeza e até raiva. O trauma pode se manifestar imediatamente após o evento ou surgir meses ou anos depois, na forma de Transtorno de Estresse Pós-Traumático (TEPT).

Medo e Ansiedade

O medo do desconhecido e a ansiedade sobre o futuro são sentimentos comuns. Quando o ambiente ao redor é destruído e as estruturas familiares são subitamente removidas, as pessoas podem perder o senso de segurança, levando a um estado prolongado de alerta e estresse.

Transtorno de Estresse Pós-Traumático (TEPT)

Em muitos casos, os sobreviventes de desastres naturais sofrem de TEPT, um distúrbio que ocorre após a exposição a eventos traumáticos. Os sintomas incluem flashbacks, pesadelos e um estado constante de tensão, que pode impactar seriamente a qualidade de vida de uma pessoa. Em cenários apocalípticos, onde o trauma pode ser contínuo, esses efeitos podem ser devastadores e prolongados.

2. Efeitos a Longo Prazo na Saúde Mental

O Impacto Duradouro

Desastres naturais podem resultar em efeitos a longo prazo na saúde mental. Estudos mostram que as taxas de depressão, ansiedade e transtornos de estresse são significativamente mais altas em áreas afetadas por desastres em comparação com regiões não afetadas.

O Ciclo do Sofrimento

Além do trauma imediato, o sofrimento contínuo, como a perda de lares, meios de subsistência e entes queridos, pode criar um ciclo de dor e desespero que é difícil de quebrar. A recuperação emocional pode levar anos e requer apoio contínuo. Quando o ambiente familiar é destruído, e a normalidade se rompe, as pessoas muitas vezes se sentem desamparadas. A falta de controle sobre a situação e a incerteza sobre o futuro podem gerar um senso profundo de desespero, dificultando o processo de recuperação emocional.

3. A Importância do Apoio Social

Redes de Suporte

O apoio social é um fator crítico na recuperação emocional após um desastre. Comunidades que se unem para oferecer suporte emocional e prático aos sobreviventes podem ajudar a mitigar os efeitos do trauma.

Exemplos de Intervenções Comunitárias

Iniciativas que promovem grupos de apoio, aconselhamento psicológico e atividades comunitárias podem ajudar os indivíduos a processar suas experiências e a encontrar esperança em meio à adversidade. A força coletiva da comunidade pode ser um poderoso agente de cura.

4. A Reação da Sociedade

Resposta Institucional

Após desastres, a resposta das instituições de saúde mental é crucial. Agências governamentais e organizações sem fins lucrativos devem estar preparadas para oferecer serviços de saúde mental imediatamente após a ocorrência de um desastre e nos meses seguintes.

A Necessidade de Capacitação

Treinamento e capacitação de profissionais de saúde mental para lidar com o trauma relacionado a desastres naturais são fundamentais. Eles devem estar preparados para entender a natureza única do trauma e fornecer intervenções adequadas.

5. A Conexão entre Saúde Mental e Resiliência

Construindo Resiliência

O desenvolvimento de resiliência emocional é essencial para a recuperação após desastres. Programas que ensinam habilidades de enfrentamento e promovem o autocuidado podem ajudar as pessoas a se tornarem mais resilientes diante da adversidade.

A Importância da Autocompaixão

Fomentar a autocompaixão e a empatia pode ser um componente vital da resiliência. Ajudar os indivíduos a se tratarem com gentileza em momentos de crise pode promover uma recuperação mais saudável e sustentável.

6. O Papel da Espiritualidade na Cura

Espiritualidade como Fonte de Conforto

Muitos indivíduos encontram consolo em sua espiritualidade ou religião durante crises. Práticas espirituais, como meditação, oração e rituais, podem proporcionar um sentido de paz e esperança, ajudando na recuperação emocional.

Comunidades Espirituais

As comunidades religiosas muitas vezes oferecem apoio emocional e prático durante crises. Elas podem fornecer um espaço seguro para os indivíduos expressarem suas emoções e conectarem-se com outros que compartilham experiências semelhantes.

Reflexão Final: Um Caminho para a Recuperação

A dimensão psicológica do apocalipse é complexa e multifacetada. A experiência de desastres naturais pode deixar cicatrizes emocionais duradouras, mas também pode oferecer oportunidades de crescimento e resiliência. Ao abordar as necessidades de saúde mental das comunidades afetadas, a sociedade pode ajudar a promover a recuperação e a cura, permitindo que os indivíduos encontrem esperança e significado em meio à devastação.

Capítulo 28
A Ciência do Clima
Entendendo as Mudanças e Seus Efeitos

As mudanças climáticas são um dos maiores desafios que a humanidade enfrenta atualmente. Este capítulo investiga a ciência que sustenta as mudanças climáticas, seus efeitos sobre o planeta e como elas se interconectam com os desastres naturais que estamos testemunhando.

1. O que são Mudanças Climáticas?

Definição e Causas

Mudanças climáticas referem-se a alterações significativas e duradouras nos padrões climáticos da Terra. Essas mudanças podem ser causadas por fatores naturais, como erupções vulcânicas e variações na radiação solar, mas a evidência científica mostra que a atividade humana, principalmente a queima de combustíveis fósseis e o desmatamento, tem um papel crucial nas mudanças climáticas atuais.

Efeito Estufa

O efeito estufa é um fenômeno natural que mantém a temperatura da Terra adequada para a vida. No entanto, o aumento das emissões de gases de efeito estufa, como dióxido de carbono (CO_2) e metano (CH_4), devido à atividade humana, está intensificando esse efeito, resultando no aquecimento global.

2. Evidências das Mudanças Climáticas

Dados Climáticos

Estudos de longo prazo mostram um aumento nas temperaturas globais médias, derretimento de geleiras e aumento do nível do mar. A análise de anéis de árvores, sedimentos e núcleos de gelo fornece evidências concretas das mudanças climáticas ao longo da história da Terra.

Eventos Climáticos Extremos

As mudanças climáticas têm contribuído para a ocorrência de eventos climáticos extremos, como ondas de calor, secas, tempestades mais intensas e enchentes. A frequência e a intensidade desses eventos estão aumentando, levando a uma maior devastação e perda de vidas.

3. O Impacto das Mudanças Climáticas nos Ecossistemas

Alterações nos Ecossistemas

Os ecossistemas estão sendo afetados de várias maneiras, incluindo a migração de espécies, alterações nos padrões de crescimento das plantas e mudanças na biodiversidade. A acidificação dos oceanos, resultante do aumento do CO_2, também está prejudicando a vida marinha.

Perda de Biodiversidade

A perda de biodiversidade é uma preocupação crescente. Com a alteração dos habitats, muitas espécies enfrentam extinção, o que pode desestabilizar os ecossistemas e afetar serviços essenciais que eles fornecem, como polinização e purificação da água.

4. A Conexão entre Mudanças Climáticas e Desastres Naturais

Aumento da Frequência de Desastres

A ciência demonstra uma clara ligação entre mudanças climáticas e a intensificação dos desastres naturais. Furacões, inundações e incêndios florestais estão se tornando mais frequentes e severos, em grande parte devido ao aquecimento global.

Casos Históricos

Eventos extremos, como o furacão Katrina (2005) e os incêndios florestais na Califórnia, demonstram como as mudanças climáticas podem exacerbar desastres naturais. Esses eventos resultaram em perdas humanas, danos à propriedade e custos econômicos imensos.

5. A Resposta da Ciência

Pesquisas em Andamento

Cientistas ao redor do mundo estão trabalhando para entender melhor as mudanças climáticas e seus impactos. Pesquisas em áreas como modelagem climática, sistemas de alerta precoce e resiliência comunitária são fundamentais para preparar a sociedade para enfrentar os desafios futuros.

Inovações Tecnológicas

Tecnologias emergentes, como energia renovável, agricultura sustentável e técnicas de captura de carbono, estão sendo desenvolvidas para mitigar as mudanças climáticas e ajudar na adaptação às novas realidades ambientais.

6. A Importância da Educação e Conscientização

Em um cenário global de crescente preocupação com as **mudanças climáticas**, a educação e a conscientização pública desempenham um papel fundamental na mobilização de ações que possam diminuir seus impactos. Através da disseminação de conhecimento e da sensibilização das populações, é possível inspirar mudanças de comportamento, estimular a participação comunitária e influenciar políticas públicas mais sustentáveis. Este capítulo destaca a importância da educação e da conscientização como ferramentas poderosas na luta contra a crise climática.

Conscientização Pública

Educação e conscientização sobre as mudanças climáticas são essenciais para promover ações individuais e coletivas que contribuam para a diminuição. Campanhas de sensibilização podem mobilizar comunidades e influenciar políticas públicas. A conscientização pública sobre as mudanças climáticas é essencial para promover um senso de urgência e responsabilidade coletiva. Informar as pessoas sobre as causas, os efeitos e as soluções para o problema não apenas empodera os indivíduos a tomarem medidas em suas vidas pessoais, mas também fortalece o apoio a políticas públicas que visam a sustentabilidade e a proteção ambiental.

Envolvimento da Comunidade

Iniciativas locais que envolvem a comunidade na luta contra as mudanças climáticas, como programas de reflorestamento e redução de resíduos, são vitais. A participação ativa dos cidadãos pode fazer uma diferença significativa na resiliência das comunidades.

Reflexão Final: A Necessidade de Ação

A **conscientização pública** e a **educação ambiental** são fundamentais para enfrentar os desafios impostos pelas mudanças climáticas e promover a sustentabilidade global. Elas não apenas empoderam os indivíduos a adotar comportamentos mais responsáveis, mas também desempenham um papel crucial na formação de uma sociedade mais engajada e consciente. Quanto mais as pessoas compreendem a profundidade e a urgência das questões climáticas, mais propensas estão a se unir em esforços coletivos para encontrar soluções.

Ao mobilizar **comunidades locais** por meio de campanhas educativas, as mudanças começam a ser percebidas em nível micro, com cada pequeno ato de sustentabilidade contribuindo para um impacto ambiental maior. Ações como a **redução do consumo de energia**, o uso consciente dos recursos naturais e a implementação de programas de **reciclagem** demonstram que, mesmo em escalas menores, os indivíduos têm o poder de promover mudanças significativas. Além disso, ao criar um senso de comunidade e de propósito compartilhado, essas ações fomentam o fortalecimento dos laços sociais e aumentam a resiliência diante dos desafios futuros.

No final, a verdadeira mudança só será possível quando houver um compromisso global que envolva todos os setores da sociedade — governos, empresas, organizações e indivíduos — trabalhando juntos para preservar o meio ambiente e suavisar os impactos das mudanças climáticas. O futuro do planeta depende da nossa capacidade de aprender, agir e transformar a consciência em ações concretas que garantam a sustentabilidade para as gerações futuras.

Capítulo 29
Lições do Apocalipse – O que Aprendemos e o que Podemos Fazer

A história da humanidade é repleta de eventos catastróficos que deixaram marcas profundas em nossa sociedade, meio ambiente e psicologia coletiva. As lições aprendidas com essas experiências podem servir como um guia para prevenir desastres futuros e promover uma convivência mais harmoniosa com o planeta. Este capítulo explora as lições extraídas de apocalipses passados e oferece recomendações práticas sobre como podemos nos preparar e responder a futuros desafios.

A Vulnerabilidade Humana

Reconhecimento das Vulnerabilidades

A vulnerabilidade humana é uma realidade que se torna evidente em desastres naturais. Desde o impacto das mudanças climáticas até a fragilidade da infraestrutura, a exposição aos riscos é uma lição crucial.

Exemplos de Vulnerabilidade:

Comunidades de Baixa Renda: Muitas vezes, as populações mais afetadas são aquelas que têm menos recursos para se recuperar. A desigualdade social se amplifica em tempos de crise.

Necessidade de Planejamento

O planejamento adequado é essencial para mitigar os riscos associados a desastres. Isso envolve a criação de infraestruturas resilientes, sistemas de alerta e treinamento da população.

Casos de Sucesso: Países que implementaram planos de preparação e resposta, como o Japão após o terremoto de 2011, demonstram a importância de um planejamento robusto.

A Força da Comunidade

Solidão vs. Solidariedade

As catástrofes podem ser devastadoras, mas também podem revelar o poder da solidariedade humana. Comunidades que se unem têm uma chance maior de sobreviver e se recuperar.

Histórias Inspiradoras: O relato de comunidades que se mobilizaram para ajudar umas às outras após desastres, como os sobreviventes do furacão Sandy, que se uniram para restaurar suas casas e vidas.

A Importância da Rede de Apoio

Criar redes de apoio e voluntariado pode fazer toda a diferença em momentos de crise. O apoio mútuo ajuda a enfrentar os desafios e proporciona um senso de pertencimento.

Exemplos Práticos: Iniciativas de grupos comunitários que se organizam para oferecer suporte em emergências, fornecendo alimentos, abrigo e cuidados.

Preparação e Educação

A Importância da Educação em Desastres

Educar a população sobre os riscos e as formas de se preparar para desastres é uma das medidas mais eficazes para reduzir os impactos.

Programas Educativos: Iniciativas que ensinam as pessoas a criar kits de emergência, elaborar planos de evacuação e compreender os sinais de alerta.

Envolvimento nas Escolas

As escolas podem desempenhar um papel central na preparação para desastres, integrando o aprendizado sobre riscos e segurança nas atividades curriculares.

Exemplo de Currículo: Incluir módulos sobre mudanças climáticas, gestão de desastres e primeiros socorros pode equipar os jovens com habilidades valiosas.

Sustentabilidade e Meio Ambiente

A Necessidade de Práticas Sustentáveis

Desastres naturais são muitas vezes exacerbados por práticas ambientais insustentáveis. A restauração do meio ambiente e a adoção de práticas sustentáveis são cruciais para a prevenção.

Princípios de Sustentabilidade: A agricultura sustentável, a conservação da água e a proteção dos ecossistemas são estratégias que podem ajudar a mitigar os impactos das mudanças climáticas.

A Restauração dos Ecossistemas

Recuperar ecossistemas danificados não apenas beneficia a biodiversidade, mas também ajuda a proteger as comunidades contra desastres futuros, como enchentes e deslizamentos de terra.

Exemplos de Restauração: Projetos de reflorestamento e recuperação de manguezais demonstram como a natureza pode ser restaurada para proteger comunidades.

Inovação e Tecnologia

O Papel da Tecnologia na Prevenção

A tecnologia pode ser uma aliada poderosa na mitigação de desastres. Inovações em monitoramento, previsão e resposta podem salvar vidas.

Tecnologias Emergentes:

Drones: Utilizados para mapear áreas afetadas, entregar suprimentos e realizar busca e salvamento.

Inteligência Artificial: Sistemas que analisam dados em tempo real para prever eventos climáticos extremos.

Compartilhamento de Conhecimento

A tecnologia também pode facilitar a troca de informações e experiências entre comunidades e países, permitindo uma resposta mais eficaz a desastres.

Exemplo de Rede Global: Plataformas que conectam comunidades em risco com especialistas e recursos disponíveis em todo o mundo.

Políticas Públicas e Governança

O Papel do Governo

Os governos têm a responsabilidade de proteger seus cidadãos, e isso envolve o desenvolvimento de políticas públicas que priorizem a segurança e a resiliência.

Políticas Eficazes: A implementação de regulamentos de construção que considerem riscos de desastres e a criação de fundos de emergência podem aumentar a capacidade de resposta.

A Participação Cidadã

Incentivar a participação cidadã na formulação de políticas públicas pode levar a soluções mais eficazes e adaptadas às necessidades da população.

Exemplo de Participação: Iniciativas que envolvem a comunidade na elaboração de planos de resposta a desastres e no monitoramento de riscos.

A Luta contra as Mudanças Climáticas

Reconhecimento do Papel das Mudanças Climáticas

Os desastres naturais estão se tornando mais frequentes e intensos devido às mudanças climáticas. Reconhecer e abordar essa realidade é fundamental para a sobrevivência da humanidade.

Compromissos Internacionais: Acordos globais, como o Acordo de Paris, destacam a necessidade de ações coordenadas para reduzir emissões de gases de efeito estufa.

Ações Locais e Globais

Cada indivíduo e comunidade pode contribuir para a luta contra as mudanças climáticas através de ações diárias, como a redução do consumo de energia, o uso de transporte sustentável e a promoção de práticas agrícolas responsáveis.

Exemplos de Ações Eficazes: Iniciativas comunitárias que promovem a agricultura urbana, o uso de bicicletas e a conscientização sobre a reciclagem.

O Valor da Resiliência Emocional

A Saúde Mental em Tempos de Crise

A resiliência emocional é fundamental para enfrentar os desafios impostos por desastres. O fortalecimento da saúde mental pode ajudar os indivíduos a lidar com o trauma e a incerteza.

Programas de Apoio: A implementação de serviços de apoio psicológico e grupos de terapia comunitária pode ajudar a reconstruir a saúde mental da população.

A Importância do Autocuidado

Cultivar hábitos de autocuidado, como meditação, atividade física e conexões sociais, é essencial para a saúde emocional e o bem-estar.

Exemplos de Autocuidado: Comunidades que promovem práticas de autocuidado em grupo, como caminhadas, exercícios em grupo e sessões de meditação.

A Educação como Base para o Futuro

Formando Cidadãos Conscientes

Investir em educação é um dos caminhos mais eficazes para garantir um futuro mais seguro e resiliente. O conhecimento capacita os indivíduos a tomar decisões informadas e a agir em suas comunidades.

Currículo Integrado: A inclusão de tópicos sobre mudanças climáticas, sustentabilidade e gestão de riscos nos currículos escolares pode preparar as novas gerações para os desafios futuros.

Formação Contínua e Sensibilização

Promover a formação contínua em todos os níveis da sociedade ajuda a garantir que as comunidades estejam sempre preparadas para enfrentar desafios emergentes.

Workshops e Seminários: Oferecer oportunidades de aprendizado para adultos sobre gestão de desastres e práticas sustentáveis.

A Esperança em Tempos de Desespero

Encorajando a Esperança

Apesar dos desafios, é fundamental cultivar a esperança. Histórias de resiliência e recuperação podem inspirar outras comunidades a se unirem e lutar por um futuro melhor.

Relatos de Superação: Exemplos de pessoas que superaram adversidades e ajudaram a reconstruir suas comunidades podem servir como fonte de inspiração e motivação

Construindo um Futuro Colaborativo

A colaboração entre indivíduos, comunidades e nações é crucial para enfrentar os desafios globais. Trabalhar juntos para um objetivo comum pode gerar soluções inovadoras e sustentáveis.

Exemplos de Colaboração:

1. Projetos de Ajuda Mútua

Esses projetos são exemplos poderosos de **colaboração em escala comunitária,** onde pessoas de diversas regiões e contextos se unem para compartilhar conhecimentos, recursos e apoio. Eles emergem especialmente em tempos de crise, como após desastres naturais ou pandemias, para suprir necessidades imediatas e a reconstrução de áreas afetadas.

Exemplo: Redes de apoio comunitário surgiram em grande escala durante a pandemia de COVID-19, quando pessoas ao redor do mundo formaram grupos para ajudar aqueles em situação de vulnerabilidade, oferecendo alimentos, medicamentos e serviços essenciais.

Cooperativas de reconstrução pós-desastres em áreas devastadas por terremotos ou furacões, onde comunidades locais se organizam para reconstruir infraestrutura e compartilhar recursos para a recuperação econômica.

2. Parcerias Internacionais

A colaboração entre nações tem se mostrado essencial para enfrentar desafios globais, como a **crise climática**. Países de todo o mundo têm se unido para criar estratégias comuns que mitiguem os impactos ambientais e promovam a sustentabilidade.

Acordo de Paris (2015): Um exemplo importante de colaboração internacional, onde 196 países se comprometeram a reduzir suas emissões de gases de efeito estufa e manter o aquecimento global abaixo de 2°C. Esse acordo incentiva a colaboração tecnológica, científica e econômica entre nações para atingir metas climáticas.

Ajuda humanitária internacional, como em situações de guerra ou catástrofes naturais, quando diversos países enviam equipes de resgate, assistência médica e ajuda financeira para salvar vidas e apoiar a reconstrução.

Reflexão Final: O Caminho a Seguir

À medida que olhamos para o futuro, é crucial que levemos em consideração as lições aprendidas com os apocalipses do passado. Cada desastre traz consigo a oportunidade de refletir, aprender e nos preparar melhor para o que está por vir. A responsabilidade por um futuro mais seguro e sustentável não é apenas de alguns, mas de todos nós. Ao implementar mudanças em nossas vidas, nossas comunidades e nossas políticas, podemos moldar um mundo mais resiliente, consciente e preparado para enfrentar os desafios do amanhã.

Capítulo Final

Renascimento nas Cinzas: A Esperança em Meio ao Fim

Ao longo deste livro, exploramos cenários apocalípticos, desastres naturais, e visões sombrias do futuro, refletidos em fatos bíblicos e nas próprias advertências da história da humanidade. Não há como negar: o fim, tal como descrito em diversas profecias, pode parecer desolador. Furacões, terremotos, incêndios e outros eventos extremos nos fazem questionar nosso lugar no universo. E, no entanto, mesmo em meio a tamanha destruição, a história bíblica nos oferece algo profundamente valioso: a esperança.

O Fim como um novo começo

A Bíblia nos ensina que o apocalipse não significa apenas destruição; ele também é sinônimo de revelação e transformação. O fim dos tempos descrito em Mateus 24 e Apocalipse pode ser assustador, mas é também um ponto de virada. Assim como o ciclo da vida — em que as folhas caem para dar lugar à nova primavera —, o apocalipse bíblico representa o encerramento de um ciclo que abrirá as portas para um novo começo.

Em Apocalipse 21:1, lemos: "*Vi novo céu e nova terra, pois o primeiro céu e a primeira terra passaram, e o mar já não existe.*" Este versículo nos revela uma promessa: a renovação, não a completa destruição. Há a chance de algo puro e glorioso emergir das cinzas do mundo antigo.

A Luz no Fim do Túnel

Embora os tempos de caos possam parecer insuportáveis, a luz no fim do túnel nunca deixa de brilhar. No meio da dor e da incerteza, a fé se torna nossa âncora. A Bíblia nos lembra repetidamente que Deus não nos abandona, mesmo nas horas mais escuras. Em João 16:33, Jesus nos conforta com suas palavras: *"No mundo tereis aflições; mas tende bom ânimo, eu venci o mundo."*

É justamente nesses momentos de aflição que a esperança se torna mais significativa. Ela não surge da ausência de dificuldades, mas da capacidade de enxergar além delas. Como a humanidade já provou tantas vezes em sua história, o espírito humano é incrivelmente resiliente, capaz de superar as adversidades mais devastadoras. O apocalipse não é uma condenação final, mas um convite à transformação, tanto interior quanto exterior.

A Resiliência do Espírito Humano

A resiliência é uma qualidade que define a história humana. Desde as civilizações antigas até os dias de hoje, a humanidade enfrentou e superou pandemias, guerras, desastres e crises de todas as magnitudes. O que nos diferencia é nossa capacidade de nos adaptar, de aprender com a destruição e, eventualmente, reconstruir. O mesmo acontece nos desafios espirituais. A fé é o solo fértil no qual plantamos as sementes da esperança, e é através dela que encontramos a força para seguir em frente.

Mesmo nas passagens mais sombrias das Escrituras, há sempre uma promessa de redenção. Deus, em Sua infinita misericórdia, nos oferece a oportunidade de nos arrepender, de nos renovar e de continuar nossa jornada com um novo propósito. Jeremias 29:11 nos lembra disso claramente: *"Porque eu bem sei os planos que tenho para vós, diz o Senhor; planos de paz e não de mal, para vos dar um futuro e uma esperança."*

Um Chamado à Transformação

O apocalipse não é apenas um fim, mas uma oportunidade de renovação. Cada desafio enfrentado pela humanidade nos ensina algo valioso: sobre nós mesmos, sobre nosso mundo, e sobre nosso propósito aqui. A destruição pode nos abalar, mas também pode ser o catalisador para uma profunda transformação. Temos a chance de criar um novo futuro, de forjar uma nova terra — uma mais justa, compassiva e iluminada.

Cada um de nós tem a responsabilidade de ser essa luz no mundo, de não se deixar sucumbir ao medo e ao desespero. Este livro não é apenas um alerta sobre os perigos que enfrentamos, mas um convite para que você, leitor, se torne parte da mudança. O fim não precisa ser um destino inevitável, mas o ponto de partida para algo grandioso.

O Futuro Nasce da Esperança

Ao encerrar nossa reflexão, deixo esta mensagem: o futuro ainda está em nossas mãos. A Bíblia nos promete um novo céu e uma nova terra — e essa promessa é para aqueles que perseverarem, que mantiverem a fé, que se dispuserem a transformar o mundo à sua volta. A verdadeira luz brilha mais forte na escuridão, e o poder de transformar o caos em renascimento está dentro de cada um de nós.

Por mais desafiadores que sejam os tempos, lembre-se: nunca estamos sozinhos. Há sempre uma chance de renovação, sempre uma oportunidade de mudança. Em meio às ruínas, plantemos as sementes de um novo amanhã, pois o futuro que aguardamos começa com a esperança que carregamos hoje.

Sobre o Autor

Me chamo Luiz Antonio Gonçalves, nasci em São Paulo capital em 1979, sou uma pessoa de fé e coração aberto, sempre busco ajudar o próximo com bondade e compaixão. Ao longo da minha vida, segui minha fé católica, mas confesso que, por muito tempo, não me aprofundei nas questões mais complexas da Bíblia, especialmente no que diz respeito às profecias do fim dos tempos. Eu via essas passagens como algo distante, simbólico, e nunca imaginei que pudesse testemunhar acontecimentos que se alinham tanto ao que está escrito.

Nos últimos anos, no entanto, comecei a perceber que o mundo está mudando rapidamente. Eventos globais, crises e fenômenos naturais começaram a parecer mais do que coincidências. Foi então que decidi estudar mais profundamente as Escrituras e, para minha surpresa, encontrei nas páginas da Bíblia reflexões e respostas para muito do que estamos vivendo hoje. Isso me fez repensar minhas crenças e renovar minha fé.

Não sou teólogo nem possuo formação acadêmica em estudos bíblicos, mas sou alguém que, como muitos, busca entender o propósito maior por trás dos eventos ao nosso redor. Escrevo este livro não como um especialista, mas como uma pessoa comum que deseja compartilhar suas reflexões e descobertas sobre o apocalipse. Meu objetivo é ajudar outros que, assim como eu, estão em busca de respostas, sentido e esperança nestes tempos desafiadores.

Este livro é o resultado de minha jornada pessoal de fé e descoberta, e espero que ele tenha lhe oferecido a mesma clareza e renovação espiritual que encontrei ao mergulhar nas profecias bíblicas.

Tenham fé, será somente um novo recomeço.